De gollne Klingelklangel

Klaus-Peter Asmussen, geboren 1946 in Handewitt, wuchs mit plattdeutscher Muttersprache auf. Nach Abitur am Alten Gymnasium, Flensburg, und sechssemestrigem Studium an der damaligen Pädagogischen Hochschule Flensburg trat er in den Schuldienst ein und war zunächst sechs Jahre lang als Grund- und Hauptschullehrer in Dithmarschen tätig. Ab 1976 arbeitete er als Realschullehrer für Englisch und Dänisch in Tarp, Kreis Schleswig-Flensburg, bis er 2010 in den Ruhestand trat. 2007 veröffentlichte er bei BoD – Books on Demand „Planten un Blomen", ein „Wörterbuch schleswig-holsteinischer Pflanzennamen" (ISBN 978-3-8334-8589-3). Seit 2005 befasst er sich mit dem Übertragen von Märchen unterschiedlichster Provenienz in die plattdeutsche Sprache und Kultur. Sein hier vorgelegtes zwölftes Märchenbuch enthält auf Plattdeutsch die Märchen aus der Sammlung „Sagen, Märchen und Lieder der Herzogthümer Schleswig, Holstein und Lauenburg" von Karl Müllenhoff (1818–1884), die dort in hochdeutscher Sprache abgedruckt waren. Klaus-Peter Asmussen wohnt heute in seinem Geburtshaus in Langberg, Gemeinde Handewitt.

Klaus-Peter Asmussen

De gollne Klingelklangel

**un anner Märkens ut Sleswig-Holsteen,
utlehnt bi Karl Müllenhoff
un nü vertellt up Sleswigsche Geestplatt**

Märkens up Platt # 12

© 2018 Klaus-Peter Asmussen

Herstellung und Verlag:

BoD – Books on Demand, Norderstedt

ISBN 9783752873023

Wat in düt Book in steiht

De gollne Klingelklangel 7
De witte Wulf 10
Soevensmuck 15
Jumfer Maleen 20
Goldmariken un Goldfedder 26
De Mann ahn Hart 41
De Frier 49
Dat doesigste Fruunsminsch 51
De starke Franz 56
Hans, de Fuuljack 67
De ole Kittelkittelkaar 69
Peter un Lene 75
Herr Negenkopp 78
Rinroth 83
De König vun Spanien un sin Fruu 89
De dree utlehrte Königssoehns 93
Vadder Strohwisch 95
De rieke Buern 99
De Sündfloot 104
De Düvel is doot 106

De gollne Klingelklangel

Dar is mal en König we'n, de hett dree Deerns hatt. As he mal up Reisen gahn will, fraagt he se, wat he se mitbringen schall. Do seggt de öllste Dochter, en gollne Spinnrad, de tweete will en gollne Haspel hebben, man de jüngste Dochter will geern en gollne Klingelklangel hebben. As de König denn wedder na Huus will, do ward he heel bedröövt, denn dat gollne Spinnrad un de gollne Haspel, ja, de hett he, man he weet nich, wodennig he bi en gollne Klingelklangel kamen schall. As he dar nu so sitten deit un gresig blarrt, do kümmt dar en ole Man na em un fraagt em, warum he blarrn deit. Och, seggt de König, he weet nich, wonem he en gollne Klingelklangel her- kriegen kann. Do seggt de Ole, de gollne Klingel- klangels, de hängen up en grote, hoge Boom in't Holt, un en grote Baar wahrt se. Man wenn he de Baar wat verspreken deit, denn gifft de em sachs een.

Do geiht de König denn to Holts un söcht na de grote Boom, un as he 'n funnen hett, do bemött he dar uck de grote Baar bi un fraagt em um en gollne Klin- gelklangel. Do seggt de Baar: „Wenn du mi dat geven wullt, wat mi up din Slott toeerst in'e Mööt kümmt, denn so scha'st du en gollne Klingelklangel hebben." Dat seggt de König em to, un do versprickt de Baar em, he will de neegste Morrn up't Slott kamen un em de gollne Klingelklangel bringen. As de Baar denn de neegste Morrn ankümmt, do kümmt em toeerst de König sin jüngste Dochter in'e Mööt, se will ja de gollne Klingelklangel hebben. De Baar will ehr foorts mitnehmen, man de König ward bannig bedröövt un seggt, he schall man all togahn, sin Dochter kümmt glieks achterna. Nu will de König ja de Baar nich sin

Dochter geven, he lett en anner Deern heel smuck maken un fein antrecken, dat is de Schäper sin Dochter, un de schickt he hen na de Baar.

As se bi de Baar ankamen deit, do seggt de, se schall rupklarrn up'e Boom. Un as se dar rupklarrt is, seggt he, se schall wedder dalkamen un em lusen. De ole Baar meent ja, dat is de König sin jüngste Dochter. As de Deern denn bi is un lusen em, do fraagt he, wat woll ehr Vadder un Mudder maken, wenn se to Huus sünd. De wahren de Schaap un klippen se, seggt de Deern. Do ward de grote Baar düchtig vergrellt un seggt, se is nich de rechte: „Sett di up min ruge Steert, hulter-di-pulter dör't heele Land!" Un do bringt he ehr wedder hen.

De König kriggt dat ja düchtig mit de Angst, man he seggt to de Baar, he schall man en Ogenblick töven, sin Dochter schall foorts kamen. Do lett he denn de Swienharr sin Dochter fein antrecken un smuck maken un gifft ehr de Baar mit. As se do bi de grote Boom in't Holt ankamen, seggt de Baar, se schall dar rupklarrn. Un as de Deern baven is, seggt he, se schall wedder dalkamen un em lusen. Denn fraagt he wedder, wat woll ehr Vadder un Mudder maken, wenn se to Huus sünd. Un de Deern denkt nich lang na un seggt, se jagen de Swiens in'e Swienstieg un fuddern se. Do ward de Baar wedder vergrellt, noch vel duller as dat eerste Mal, un seggt, se is de rechte nich: „Sett di up min ruge Steert, hulter-di-pulter dör't heele Land!" Un do bringt he ehr wedder hen.

Do mutt denn doch de stackels Königsdochter sülven mit. As se denn bi de Boom anlangt sünd, seggt de Baar wedder, se schall rupstiegen up'e Boom, un denn, se schall wedder dalkamen un em lusen. As de

Königsdochter nu bi is un lusen de Baar, fraagt de, wat woll ehr Vadder un Mudder maken, wenn se to Huus sünd. Se sitten to Disch un drinken rode Wien, seggt de Königsdochter. Ja, seggt de Baar, denn is se de rechte, un do mutt se bi de Baar blieven.

Se is al en ganze Tied bi em we'n, do fraagt de Baar ehr mal, um se uck mal will na Huus. Ja, seggt de Königsdochter, dat will se geern mal. Na, seggt de Baar, denn woe'n se man mal hen. Un wenn se denn to Disch sitten deit, seggt he, denn will he sik ünner de Disch leggen, un denn schall se em ehr Teller ünner de Disch holen. Un wenn se eten hett, denn mutt se mit em danzen, un dar mutt se em düchtig bi up'e Foot pedd'n. Dat seggt de Königsdochter em to.

As se nu an'e Disch sitt un ehr Teller dar ünner holen deit, do lachen de Lüüd un fragen, wat dat denn to schall un holen ehr Teller ünner de Disch. Un as se denn naher mit de Baar danzen deit, do lachen se noch vel duller. Man de Königsdochter danzt doch mit em un pedd't em denn ganz dull up'e Foot. Un as se dat daan hett, do ward de Baar mitmal to en smucke, rieke Prinz, un de König sin Dochter ward sin Fruu.

9

De witte Wulf

Dar is mal en König we'n, de is up'e Jagd verbiestert in en grote Holt un hett sik gar nich mehr t'rechtfinnen kunnt. En paar Daag is he al rumlapen, hett Hunger un Dörst, un is al heel un deel verblarrt in sin Noot. Do kümmt dar so'n lütte swatte Keerl hen na em un seggt, he will em na Huus bringen, wenn he em dat geven will, wat em toeerst ut sin Huus in'e Mööt kümmt. Do seggt de König ahn vel Nadenken „Ja". Man ünnerwegens seggt de König, he wull, sin beste Hund keem em in'e Mööt. Man dat wull *he nich*, seggt de lütte Keerl, he wull, dat weer sin jüngste Dochter.

As se nu bi dat Slott ankamen, do ward de Deern ehr Vadder dör't Finster wies, denn se hett al lang na em utkeken, un nu löppt se gau rut un fallt em um'e Hals. Man as se em an'e Hals hängt, do seggt he heel benaut, em weer dat leever we'n, sin Hund weer em in'e Mööt kamen. Do ward de Deern ganz dull weenen un fraagt, um se em denn nich mehr wert is as sin Hund. Do blarrt de Vadder mit, denn dat is em ganz un gar nich mit, dat de dare lütte Keerl nu sin Dochter hebben schall, un mit natte Ogen vertellt he ehr allens, man se seggt, wenn se dar sin Leven mit hett retten kunnt, denn so will se geern hengahn. Bi acht Daag, so ward denn afmaakt, schall de lütte Keerl de Bruut afhalen.

As de dare Tied denn um is, kümmt dar en witte Wulf an, un de König sin Dochter sett sik bi em up'e Rügg. Un denn geiht dat afste' ganz gresig gau dör Dick un Dünn, oever Tuuns un Knicks, oever Barg un Slunk, un do is se bald heel möö' vun't Rieden. Man as se mal fragen deit, um se nich bald dar sünd, do seggt de Wulf, se schall de Mund holen, anners smitt he ehr dal, dat is noch wied bet na de Glasbarg. Un wedder löppt de Wulf dör Dick un Dünn, oever Tuuns un Knicks, oever Barg un Slunk, se kann dat meist gar nich mehr utholen. Do fraagt se nochmal, um se nich bald dar sünd. Man de Wulf seggt, wenn se noch eenmal snacken deit, denn so smitt he ehr för wiss dal, dat is noch wied bet na de Glasbarg. Un denn geiht dat noch duller as vörher. Do kann se sik toletzt doch nich mehr betähmen un fraagt nochmal, um se noch nich bald dar sünd. Man knapp hett se dat seggt, do fallt se koppheister dal, un de witte Wulf löppt weg.

Nu is se denn ganz alleen up'e wiede Welt un weet nich, 'nem her un 'nem hen. Man upletzt geiht se wieder un denkt, mal mutt se doch na Lüüd kamen, de se fragen kann na de witte Wulf. Un nich lang', do kümmt se uck würklich na en lütte Kaat, un do sitt dar en ole Fruunsminsch, de kaakt sik Höhnersupp. De Deern fraagt ehr foorts, um se nich hett de witte Wulf sehn. Nee, seggt de Oolsch, de witte Wulf hett se nich sehn, dar mutt se de Wind na fragen, de fegt ja in all Löcker un reist elkeen Dag oever Water un oever Land. Man se schall man eerst en beten dar blieven, seggt se, un wat Höhnersupp to Middag eten. Dat deit de Königsdochter denn uck. Un as se denn wedder gahn will, do seggt de Oolsch, se schall all de Knaken mitnehmen, de warrn ehr nochmal topass kamen. Denn wiest se ehr de Weg na de Wind.

As se nu na de Wind kümmt, do sitt de uck un kaakt sik Höhnersupp. He reist ja all Daag oever Water un Land, seggt de Deern to em, um he nich hett de witte Wulf sehn. Nee, seggt de Wind, de witte Wulf hett he

nich sehn, he is vundaag noch gar nich afste' we'n, se
schall man na de Sünn gahn un de fragen, de steiht
fröh up un weet un süht allens, denn se kickt in all
Löcker und klarrt oever all Bargen un Böme. Man
eerst schall se mal wat Höhnersupp mit em eten. De
Deern lett sik dat wedder smecken, sammelt all de
Knaken tohopen, so as de Wind ehr dat raden hett,
un lett sik denn vun em up'e rechte Weg na de Sünn
wiesen.

As se nu na de Sünn kümmt, hett de de witte Wulf
uck nich sehn, un se seggt to de Deern, se schall man
na de Maand gahn, denn de süht ja, wenn anners
keeneen süht, un wenn de ehr keen Bescheed geven
kann, denn kann dat sachs nümms. Man ehrer de
Deern weggeiht, mutt se uck mit de Sünn wat Höh-
nersupp eten un de Knaken mitnehmen.

As se nu na de Maand kümmt, is de uck jüst bi un
kaken Höhnersupp, man vun'e witte Wulf weet he
nix. Do ward de Deern weenen un weet nich, wokeen
se nu noch fragen schall. Se schall man eerstmal de
Höhnersupp mit em eten, seggt de Maand, denn
woe'n se wieder snacken. As se nu sitten un eten, do
seggt de Maand, he hett all sin Levdag noch nix hört
vun'e witte Wulf. Wat dat darmit up sik hett, be-
grippt he nich. Man de lütte swatte Keerl, de maakt
vunnacht Hochtied in'e Glasbarg. Och ja, röppt de
Königsdochter heel vergnöögt, de Glasbarg! De Glas-
barg hett se heel un deel vergeten, de is dat, dar
schall se hen, un de Maand schall ehr dar doch man
foorts henwiesen. Nu man suutje, seggt de Maand, se
hebben noch en Barg Tied. Se schall man eerst de
Höhnersupp upeten, un all de Knaken schall se mit-
nehmen, de warrn ehr noch fein topass kamen. Do itt
se gau de Höhnersupp up un raakt denn de Knaken

up en Dutt un stickt se in'e Tasch, man in'e Iel lett
se een liggen.

Denn bringt de Maand ehr henn na de Glasbarg.
Man de is so glatt un glitschig, se kann dar nich rup
kamen. Do kriggt se ehr Höhnerknaken her un buut
sik dar en Lerring[1] vun, man toletzt fehlt dar een
Trem, se hett ja de eene Knaak nich mitkregen. Do
snitt se sik en Lidd vun ehr lütte Finger af, un do
kann se na baven rupkamen. Vun dar geiht en feine
Trepp dal in'e Barg, de geiht se dal un kümmt hen
na de lütte swatte Keerl.

Man de is nu en smucke Prinz, de is verwünscht, un
en junge Fruunsminsch is em anhext, mit de fiert he
jüst Hochtied mit grote Stahoi[2] in'e Glasbarg. Dar is
en prachtvulle Saal, 'nem allens glinstert vun Gold
un Eddelsteens, un de Prinz sitt mit sin Fruu an'e
fein deckte Disch un is bi un eten, as de Königsdoch-
ter rinkümmt. He kennt ehr nich, man se em woll.
Do kümmt se bi un singt vun en witte Wulf, an de
hett ehr Vadder ehr verspraken hatt un mit en swa-
re Hart uck weggeven. De Wulf, gau as en Vagel,
hett ehr denn wegbröcht oever Tuuns un Knicks,
oever Barg un Slunk, un toletzt hett he ehr eensam
un alleen in'e wiede Welt t'rügglaten. Do is se oever-
all rumbiestert un hett na de witte Wulf fraagt, man
keeneen hett ehr Bescheeed geven kunnt vun em.

As de Prinz ehr sodennig singen hört, ward he de
Ohren upspielen un hört nipp to un kickt ehr an, un
as se ferdig is, seggt he, se schall dat doch nochmal
singen. Un as se dat daan hett, do ward he ehr ken-
nen, un de Hexenbann is braken. Do jaagt he sin

---

[1] Lerring = Leiter
[2] Stahoi = Aufwand, Aufsehen (dän. ståhej)

Fruu weg un heiraad't de Königsdochter. Un denn reisen se beid hen na ehr Vadder, un de ward nu heel vergnöögt, dat sin Dochter hett so'n smucke Mann kregen. Un vun do an leven se recht froh un glücklich tohopen, un wenn se noch nich dootbleven sünd, denn so leven se sachs noch.

Soevensmuck

In en Dörp hebben in en lütte Kaat mal en paar arme Lüüd levt, de hebben een Dochter hatt. De Deern hett sik um se's Huusstand kümmert, se hett wuschen, utfegt, kaakt un allens maakt, wat dar is to doon we'n. De Gaarn vör't Huus is ümmer fein in'e Reeg we'n, un in't Huus is allens so blank un rein we'n, dat is en Spaaß we'n un kieken dat an. Dar is uck in'e heele Gegend keen Deern fixer we'n bi't Neih'n un Sticken, un dar hett se dat Broot mit verdeent för ehr arme Vadder un Mudder. Nu is de dare Deern smucker we'n as soeven anner Deerns tohopen, un do hebben de Lüüd ehr Soevensmuck nöömt. Man se is so ehrbar we'n, wenn se sünndags to Kark gahn is – un dat hett se flietig daan –, denn hett se ümmer en Sleier vör't Gesicht hatt, se hett nich wullt, dat de Lüüd ehr angapen.

Do kriggt de König sin Soehn ehr mal to sehn, un se is so rank as en Eschenboom, un do verkickt he sik in ehr un will vun Harten geern uck mal ehr Gesicht sehn, man dat kann he ja nich vun wegen de Sleier. Do fraagt he sin Deeners, warum Soevensmuck ümmer en Sleier vör hett, dat een ehr Gesicht gar nich sehn kann. Do seggen de Deeners, dat deit se, wiel dat se so ehrbar is. Do schickt de Königssoehn en Deener hen na Soevensmuck mit en gollne Fingerring un lett ehr seggen, se schall doch vunavend mal na de grote Eek kamen, he hett wat mit ehr to besnacken. Soevensmuck geiht uck hen, denn se denkt, de Prinz will wiss en Stück fiene Arbeit bi ehr bestellen. Man as de Prinz ehr nu to sehn kriggt, verkickt he sik noch vel duller in ehr un will ehr to Fruu hebben. Man Soevensmuck seggt, he is so riek un se is man so arm. Sin Vadder ward wiss arig füünsch,

15

wenn he to weeten kriggt, he hett ehr to Fruu nahmen. Man de Prinz blifft bi un pranzelt un vertellt, wo dull leev he ehr hett, un do seggt Soevensmuck upletzt, wenn he noch en paar Daag aftöven will, denn so will se sik dat mal bedenken.

De neegste Dag schickt de Königssoehn sin Deener na Soevensmuck, de bringt ehr en Paar sülverne Schoh un seggt, se schall doch vunavend wedder na de Eek kamen, de Prinz will mit ehr snacken. Soevensmuck geiht dar hen, un as de Prinz ehr wies ward, fraagt he ehr, um se sik dat al oeverleggt hett. Nee, seggt Soevensmuck, se hett sik noch nich bedenken kunnt, ehr Duven un Höhner hebben Fudder hebben musst, de Kohl hett afsneden un de Hemden hebben neiht warrn musst. Man as se al seggt hett, se is so arm un he is so riek, sin Vadder ward wiss arig füünsch, seggt se, un darum kann se nich sin Fruu warrn. Do snackt de Prinz wedder so vel up ehr in, toletzt mutt se seggen, se will sik vör wiss bedenken un mit ehr Vadder un Mudder snacken.

De neegste Dag schickt he ehr dör en Deener en staatsche gollne Kleed un lett ehr seggen, se schall vunavend wedder na de Eek kamen. Soevensmuck geiht to Avend uck wedder hen, un de Prinz fraagt ehr, wat dar denn nu rutkamen is bi ehr Bedenken. Och, seggt Soevensmuck, se hett sik noch gar nich bedenken kunnt, un ehr Vader un Mudder hett se uck noch nich fraagt, se hett dat de heele Dag binnen un buten dat Huus wedder so traffel[1] hatt, se is dar rein nich to kamen. Man wat se al ümmer seggt hett, dar mutt dat doch bi blieven, se is vel to arm un he to riek, un sin Vadder ward wiss bannig füünsch.

---

[1] traffel = eilig, viel zu tun (dän. travlt)

Man de Prinz blifft bi un triffeleern un seggt, se schall laterhen Königin warrn, un he will ehr uck wiss un warraftig truu blieven un keen anner to Fruu nehmen, eendoont, wat dar kamen mag. As Soevensmuck do markt, wo leev he ehr hett, do seggt se toletzt denn doch „Ja".

Vun do an drapen se sik elkeen Avend bi de Eek un sünd heel glücklich, denn se hebben sik würklich bannig leev, man de König dörv dat *jo* nich weeten. Man dar is so'n ole Beest vun Deern, de vertellt em dat upletzt doch, dat sin Soehn sik elkeen Avend mit Soevensmuck drapen deit. Do ward de König splitterndull un schickt sin Lüüd hen, se schoe'n Füer an Soevensmuck ehr Huus leggen, dat se dar in verbrennen deit. Soevensmuck sitt an't Finster un is bi un sticken. Un as se markt, dat Huus brennt, do springt se gau rut un liek rin in en dröge Soot. Man ehr stackels Vader un Mudder, de brennen all beid up mit dat Huus.

Do is ehr ja eerst bannig gramm un so trurig um't Hart, en paar Daag sitt se blots in'e Soot un weent. Man as se sik denn utweent hett, marst se sik bi lütten na baven un wöhlt denn mit ehr fiene Hänne wat Geld ut'e Schutt vun ehr afbrennte Huus. Dar köfft se sik Mannstüüg för. Denn geiht se na de König an'e Hoff un fraagt, um he ehr nich as Bedeenter hebben will, se heet Mallöör. De König mag dat smucke junge Minsch lieden un nimmt et as Bedeenter an. Se is nu ümmer truu un flietig, un dat duert nich lang', do mag de König Mallöör an leevsten lieden vun all sin Bedeenters, un he lett sik vun keen anner bedeenen.

Man de König sin Soehn, as de hört, Soevensmuck ehr Huus is dalbrennt, do is he bannig trurig, he meent ja, Soevensmuck is uck mit upbrennt. Naher will sin Vadder denn hebben, he schall sik en Fruu nehmen. De ole König will up't Olendeel gahn un sin Soehn dat Riek oevergeven, man denn mutt de ja uck en Königin hebben. Do hollt de Prinz denn an um en anner König sin Dochter un ward mit ehr verspraken. As denn Hochtied maakt warrn schall, ward dat heele Land darto inladen, un as de König mit sin Soehn henreist för un halen de Bruut, do moeten all de Bedeenters mit. Dat is ja en trurige Reis för Mallöör, un dat liggt em up't Hart as en Steen. He hollt sik ümmer achtern in'e Tog, dat de Lüüd nich wies warrn, wo trurig he is. Man as se dicht bi de Bruut ehr Slott kamen, kümmt he bi un singt mit klare Stimm:

„Soevensmuck hebben se mi nöömt,
un Mallöör is mi nich frömd."

Do fraagt de Prinz sin Vadder – de beiden rieden blangen eenanner ganz vörn in'e Togg –, wokeen dar doch so fein singen deit. Wokeen schull dat woll anners we'n, seggt de Ole, as sin Bedeenter Mallöör. Do singt de nochmal:

„Soevensmuck hebben se mi nöömt,
un Mallöör is mi nich frömd."

Do fraagt de Königssoehn nochmal, wokeen dar denn doch singen deit, um dat würklich schull sin Vadder sin Bedeenter Mallöör we'n. Ja, wiss, seggt de ole König, wokeen schull anners woll so fein singen as Mallöör, sin Bedeenter. Nu sünd se al ganz dicht bi dat Door vun'e Bruut ehr Slott, do singt Mallöör to'n drütten Mal:

„Soevensmuck hebben se mi nöömt,
un Mallöör is mi nich frömd."

As de Prinz dat wedder hört, do dreiht he gau um un
ritt na achtern hen, 'nem Mallöör rieden deit, un
kickt em mal scharp in't Gesicht. Do kennt he Soe-
vensmuck wedder un nickt ehr ganz fründlich to,
man denn dreiht he bi un ritt wedder weg vun ehr.

As se nu all tohopen sünd up de Bruut ehr Slott, un
dar sünd en Barg Lüüd dar, do seggt de König, wat
de Bruut ehr Vadder is, de seggt, se woe'n mal Ra-
dels spelen, un de Brüdigam schall anfangen. Do
fangt de Königssoehn an: He hett en Schapp, seggt
he, un vör en Tied hett he dar de Sloetel to verlaren.
Do is he foorts hengahn un hett sik en nüe een köfft.
Man as he denn na Huus kamen is, hett he de ole
Sloetel wedderfunnen. Nu fraagt he de König – de
Bruut ehr Vadder –, wat för'n Sloetel he nu bruken
schall, de ole oder de nüe. De König seggt foorts, de
ole natürlich. Do hett he sülven dat Ordeel spraken,
un de Königssoehn seggt, denn schall he man sin
Dochter beholen, dar is sin ole Sloetel, un he kriggt
Soevensmuck an'e Hand faat un bringt ehr merrn
mang se. Nee, röppt de ole König, sin Vadder, dat is
doch Mallöör, sin Deener. Nee, seggt de Königssoehn
do to em, dat is Soevensmuck, sin Bruut. Do gahn se
all de Ogen up, un se warrn nu eerst wies, wo smuck
se is.

Jumfer Maleen

Dar sünd mal twee Königs we'n, de eene hett en Soehn hatt, de anner en Dochter, de hett Jumfer Maleen heeten. De beide junge Lüüd hebben sik so recht vun Harten leev hatt un hebben sik uck geern heiraden wullt, aver Jumfer Maleen ehr Vadder hett dat nich togeven wullt. Man Jumfer Maleen hett nich vun'e Königssoehn laten wullt un hett nich up ehr Vadder hört. Do ward de upletzt so vergrellt, he seggt, se schall inmuert warrn in en hoge Toorn un dar soeven Jahr in sitten. Un dat passeert denn uck. Jumfer Maleen ward mit en Kamerfruu in'e Toorn rinbröcht, se kriegen Eten un Drinken mit för soeven Jahr, un denn warrn de Dören vun'e Toorn tomuert.

Do sitten se nu dar in dat düüstere Lock, keen Sünn un keen Maand schient dar rin, keen Luut vun buten kümmt an se's Ohr. Dag um Dag un Jahr um Jahr vergeiht mit Jammern un Klagen, alleen un in ewige Düüsternis, un se weeten nich wo wied de Tied is. Man toletzt marken se, se's Eten un Drinken ward bi lütten all, denn moeten de soeven Jahr sachs rum we'n. Man dar kümmt keeneen un lett se rut ut se's Kaschott, dar ward keen Hand anleggt för un breken de Toorn dal. In se's Noot moeten se denn ja sehn un helpen sik sülven un versöken un kriegen en Lock dör de dicke Muern. Dree Daag lang bohren se un bohren, do kümmt de eerste Lichtstrahl rin in se's Düüsternis. Do gahn se foorts bi un arbeiden wieder, bet se rutkieken koenen.

Do kriggt Jumfer Maleen ehr Vadder sin Riek wedder to sehn, man sin Slott is tonicht, de Städer un Dörper sünd dalbrennt, de Feller wied un sied toschannen maakt, un allens is wööst un trist; keen

Minschenseel wiest sik. Do moeten se sik denn sül-
ven helpen. Se maken bi lütten dat Lock grötter, bet
se dar dörkrupen koenen, denn glitt eerst de Kamer-
fruu rut un denn Jumfer Maleen achterher. Se krie-
gen dat uck klaar un kamen dal up'e Borm. Man dar
is allens heel un deel verlaten, denn de dat Riek
oeverfullen hebben, de hebben all de Lüüd dootslaan
un de König wegjaagt. De Deerns biestern rum un
söken em, man wonem schoe'n se em finnen, wenn
dar keeneen is, de se seggen kann, wonem he afble-
ven is? Do wannern se denn dör de König sin Riek.
Harbarg un Eten is narms to finnen: Bi Nacht moe-
ten se up't Feld slapen, un dagsoever moeten se se's
Smacht an en Brennnetelbusch möten, so groot is
se's Noot. Upletzt kamen se na en frömde Land; dar
sünd se p'raat un oevernehmen elkeen Deenst, man
keeneen will se upnehmen, un all Lüüd schicken se
weg, bet se an'e Königshoff vun dat Riek kamen. Dar
woe'n se se toeerst uck nich beholen, man denn be-
sinnen se sik, se koenen de beide Deerns sachs in'e
Koek bruken as Aschenpüüsters.

Nu is de Königssoehn, de dat dare Riek tohören deit,
dat is keen anner as de, de sik vör lange Jahren mit
Jumfer Maleen verspraken hatt hett. Man nu is dar
al en anner Prinzessin an'e Hoff, de schall he heira-
den, man de is eklig un so grimmig[1], se mag sik gar
nich vör de Lüüd sehn laten, un Jumfer Maleen is so
smuck as man een. As dar nu Hochtied we'n schall
un de Prinzessin schall mit ehr Brüdigam to Kirch
gahn, do schaamt se sik, dat se so grimmig is, un do
röppt se Jumfer Maleen rin un fraagt ehr, um se
nich will ehr Tüüg antrecken un will för ehr to Kirch

---

[1] grimmig = hässlich (dän. grim)

gahn. Jumfer Maleen will nich un seggt nee; man do seggt de Prinzessin, denn so schall ehr dat an't Leven gahn. Do mutt se denn ja nageven, se treckt de Prinzessin ehr feine Tüüg an, hängt sik ehr Gold un Demanten um, un as se denn in'e Saal kümmt, do sünd se all verbaast, wo smuck as se is, un de Königssoehn marscheert stolt blangen ehr. Se meenen ja all, dat is de ole Prinzessin, se weeten ja nich, dat is Jumfer Maleen.

As se nu ünnerwegens to Kirch sünd, do steiht dar en Brennnetelbusch. Do seggt Jumfer Maleen:
„Brennnetelbusch,
Brennnetelbusch so kleen,
wat steihst du hier alleen?
Ik heff de Tied weten,
do heff ik di
ungesaden,
ungebraden eten."

Do fraagt de Königssoehn, wat se dar seggen deit. Och, nix, seggt se, se hett man vun Jumfer Maleen snackt. Do ward de Königssoehn sik wunnern, dat se wat vun Jumfer Maleen weeten deit, man he seggt nix. As se nu an'e Stegel[1] vör de Kirchhoff kamen, do seggt Jumfer Maleen:
„Kirchstegel, brick nich,
bün de rechte Bruut nich."

Do fraagt de Königssoehn wedder, wat se dar seggen deit. Man se seggt, nix, se hett man an Jumfer Maleen dacht. Do fraagt he, um se Jumfer Maleen denn

---

[1] Eigentlich Tritt zum Übersteigen eines Zauns, u. U. auch Steg, schmale Brücke. Kirchstegel (Karkstegel): Bauwerk als Eingang zum Kirchhof, vgl. Abb. S. 110. Ein „Steg" (Müllenhoff) wäre nur sinnvoll, wenn der Kirchhof von einem Graben umgeben wäre.

kennen deit; de sitt ja doch inspunnt in'e Toorn. Nee, seggt se, kennen deit se ehr nich, se hett blots vun ehr snacken hört. Bi dat sünd se an'e Kirchendör ankamen. Do seggt Jumfer Maleen to de Kirchendör:
„Kirchendör, brick nich,
bün de rechte Bruut nich."

Do fraagt de Brüdigam ehr dat drütte Mal, wat se dar vör sik hensnacken deit. Un se seggt wedder, se hett man an Jumfer Maleen dacht. Do kriggt de Königssoehn en feine Halsked rut, leggt ehr de um'e Hals un maakt 'n fast. Denn gahn se rin in'e Kirch un warrn tohopengeven. Man as se wedder na Huus kamen, do mutt de stackels Jumfer Maleen denn ja foorts all dat feine Tüüg uttrecken un dat all de Prinzessin weddergeven. Man de Ked, de de Königssohen ehr um'e Hals leggt hett, de behollt se.

As denn de Königssoehn to Nacht mit de Prinzessin to Bett schall un is mit ehr alleen in'e Kamer, do fraagt he ehr, wat se doch up'e Weg to Kirch to de Bennnetelbusch seggt hett. To wat för'n Brennnetelbusch, fraagt se, se hett doch nich mit en Brennnetelbusch snackt. Jo wiss hett se dat, seggt de Königssoehn, un he will nu weeten, wat se seggt hett. Do kümmt de Prinzessin ja en beten in'e Kniep, man se helpt sik un seggt:
„Mutt mal mit min Deenstdeern spreken,
de deit mien Gedanken drägen."

Se denn ja rut un up Jumfer Maleen dal: Wat se to de Brennnetelbusch seggt hett? Och, seggt Jumfer Maleen, se hett nix wieder seggt as:
„Brennnetelbusch,
Brennnetelbusch so kleen,
wat steihst du hier alleen?

Ik heff de Tied weten,
do heff ik di
ungesaden,
ungebraden eten."

Do löppt de Prinzessin wedder rin in'e Kamer un seggt dat to ehr Mann. Man dat dücht em doch gediegen, dat se eerst rutlapen is, un he fraagt wieder, wat se denn to de Kirchstegel seggt hett. Wat, seggt de Prinzessin, mit de Kirchstegel schall se uck snackt hebben? Jo, wiss hett se dat, seggt de Prinz. Do kümmt de Prinzessin noch duller in'e Kniep, un se seggt wedder:

„Mutt mal mit min Deenstdeern spreken,
de deit mien Gedanken drägen."

Se ja wedder rut un Jumfer Maleen fraagt, wat se to de Kirchstegel seggt hett. Jumfer Maleen seggt, se hett nix wieder seggt as:

„Kirchstegel, brick nich,
bün de rechte Bruut nich."

Do ward de Prinzessin vergrellt un bölkt, dat schall ehr noch dat Leven kosten, man se mutt ja gau wedder rin un de Königssoehn vertellen, wat se to de Kirchenstegel seggt hebben will. Do fraagt he ehr wedder, wat se denn to de Kirchendör seggt hett. De Prinzessin will dat ja wedder nich wahr hebben, man de Prinz blifft dar up bestahn, un do mutt se wedder na buten un fragen Jumfer Maleen. Un Jumfer Maleen antert wedder, se hett nix wieder seggt as:

„Kirchendör, brick nich,
bün de rechte Bruut nich."

Do ward de Prinzessin noch splitterndull un seggt, dat schall ehr wiss un warraftig an't Leven gahn. Man as se dat in'e Kamer to de Prinz seggt hett, do meent he, wenn se dat seggt hett, denn so schall se em doch uck mal de Halsked wiesen, de he ehr an'e Kirchendör geven hett. Wat för'n Ked, fraagt de Prinzessin un ward gresig bang'; he hett ehr keen Ked geven, seggt se. Do seggt de Königssoehn, denn is se uck nich de rechte, mit de he is tohopengeven worrn. De schall se foorts herkriegen. Do mutt se denn ja ingestahn, de Aschenpüüster is för ehr mit em to Kirch gahn, de hett ehr Tüüg anhatt un is mit em tohopengeven worrn, denn se sülven is ja so grimmig un mutt sik vör de Lüüd schamen. Do seggt de Königssoehn, se schall foorts de smucke Deern rinhalen. Do geiht se rut, as wenn se Jumfer Maleen rinropen will. Man se seggt to de Bedeenters, se schoe'n Jumfer Maleen foorts dootmaken. Un de kriegen ehr faat un slepen al af mit ehr un woe'n ehr de Kopp afhau'n, do kümmt noch jüst to rechte Tied de Königssoehn ut'e Kamer, un he kennt de Ked um ehr Hals wedder un süht, se is de Fruu, mit de he is tohopengeven worrn. Un as he ehr do mal nipp ankieken deit, do gahn em recht de Ogen up, un he süht, dat is ja keen anner as sin Bruut vun vördem, de hett he heel un deel vergeten hatt, dat is Jumfer Maleen sülven, 'nem se de heele Weg to Kirch ümmer vun snackt hett. Do seggt he to de Bedeenters, se schoe'n ehr na sin Kamer bringen. Man de ole Prinzessin, de kriggt statts ehr de Kopp af.

Goldmariken und Goldfedder

Dar is mal en Eddelmann we'n, de hett en bannig smucke Dochter hatt, de hett Goldmariken heeten. Mal woe'n ehr Vadder un Mudder wegfahren, un do will Goldmariken geern mit, man de Olen woe'n dat nich hebben. Do blifft Goldmariken denn alleen to Huus. Man bi Nacht, as se wedder na Huus woe'n, do verbiestern de Olen in en grote Holt un koenen sik gar nich t'rechtfinnen. Toletzt bemöten se en grote Pudel, de seggt, he will se up'e rechte Padd bringen, wenn se em dat geven woe'n, wat se ut se's Huus toeerst in'e Mööt kümmt. Do warrn se foorts an se's leeve Goldmariken denken un sünd bang', dat de se toeerst in'e Mööt kümmt. Man dat Wedder ward ümmer leeger, un se hebben de Weg heel un deel verlaren, un do seggen se upletzt „Ja" un seggen de Pudel to, wat he verlangen is, denn se denken, vellicht kümmt ja uck se's Hund toeerst an'e Waag. Denn sünd se bald to Huus, man de eerste, de an se's Waag kamen deit, is richtig Goldmariken. Do seggt de Pudel, nu is se sin un nich mehr se's. Do leggen de Olen sik up't Bidden, he schall se doch de Deern laten, he kann anners kriegen, wat he will. Man de Pudel is dat jüst recht, dat he schall Goldmariken hebben, un do helpt all se's Bidden nix. Dree Daag kriegen se Respiet, denn will he wedderkamen för un halen ehr af.

Goldmariken bruukt de dare Tied to un seggen adjüs to all ehr Verwandtschop un Frünnen; un wat de uck klagen un jammern, se is heel ruhig un tofreden. De letzte Avend seggt Goldmariken to ehr Mudder, nu will se se's ole Naversch uck noch adjüs seggen. Och, seggt ehr Mudder, wat se doch bi de dare Oolsch will, Ja, seggt Goldmariken, se will un mutt dar hen. Se denn ja hen, un as se kümmt, do seggt de Oolsch, se schall man nich bang' we'n. Wenn se de Nacht bi ehr slapen will, denn so will se ehr vunavend dat Wünschen lehrn, dar schall se ehr ganze Leven guut vun hebben, un dat ward ehr en Barg helpen. Do freut Goldmariken sik un geiht na ehr Mudder un seggt, se will de Nacht bi de Naversch slapen. Do seggt de Mudder, wat dat denn to schall un slapen bi de dare Oolsch, man Goldmariken hört dar nich na un geiht to Avend doch hen.

Do gahn se denn tosamen to Bett, un as Goldmariken de anner Morrn upsteiht, do kann se allens ranwünschen, wat se man will. Se bedankt sik vun Harten bi de Oolsch, nu kann se doch vellicht mit ehr Künsten ehr Vadder un Mudder so faken sehn, as se will.

As se denn na Huus kümmt, is de Pudel uck al dar un will ehr afhalen. Goldmariken seggt ehr Vadder un Mudder – de sünd ja heel trurig – de seggt se adjüs, man se seggt dar nix vun, dat se dat Wünschen lehrt hett. As se denn rutkamen up't Feld, seggt de Pudel, se schall sik bi em up'e Rügg setten, denn will he ehr henbringen. Goldmariken deit dat, un dat duert nich lang', do kamen se na en Huus, dar wahnen twee Deerns in. Dar gahn se rin, un do ward de Pudel foorts to en ole Wiev, dat is de Mudder vun de beide Deerns. So, seggt se, nu hett se dree Deerns, 'nem se sik to freuen kann. Goldmariken schall dat recht guut hebben bi ehr, seggt se, wenn se man ümmer doon will, wat se schall. Dat seggt Goldmariken ehr to, un wenn de Oolsch seggt, Goldmariken schall düt oder dat doon, denn kann se dar ümmer licht mit klaarwarrn, denn se wünscht sik dat ümmer allens t'recht.

Mal geiht de Oolsch wedder as Pudel to Holts. Do be-
mött se en smucke junge Mann, de heet Goldfedder
un is in't Holt verbiestert. De Pudel seggt to em, he
will em dar rutbringen, wenn he 'n toseggen will un
kamen naher hen na 'n un blieven bi 'n. Goldfedder
antert, dar kann he nix to seggen, he is en König sin
Soehn un mutt eerst mit sin Vadder snacken. Man
wo he sik heel un deel nich t'rechtfinnen kann, mutt
he upletzt doch „Ja" seggen un de Pudel toseggen, he
will sin eegen we'n. Do bringt de Pudel Goldfedder
rut ut't Holt un an sin Vadder sin Hoff. Man na dree
Daag kümmt 'n wedder för un halen Goldfedder af.
Sin Vadder will dat nich hebben, man he mutt doch
nageven, denn de Pudel seggt, Goldfedder hett dat
sülven toseggt, un he mutt sin Woort holen. Do mutt
Goldfedder denn ja mit, un he kümmt nu dar hen,
'nem Goldmariken is.

Goldmariken seggt to Goldfedder, he schall sik wah-
ren vör de Olsch, dat is en Leege een, un se kann
mehr as Broot eten. De neegste Dag schall he wiss
Gras meihn, seggt se. Ja, seggt Goldfedder, dar
kennt he ja nix vun, he weet nich, wo he dat maken
schall. An'e Avend seggt de Oolsch richtig to em, he
schall man en Lee haren[1], de neegste Dag schall he
Gras meihn. Do geiht Goldfedder na Goldmariken un
seggt, he schall en Lee haren un kennt dar nix vun.
Och, seggt Goldmariken, he schall man en Hamer
nehmen un en beten up'e Lee kloppen, denn kümmt
dat al torecht. Dat deit Goldfedder denn, un foorts is
de Lee klaar.

De neegste Morrn seggt de Oolsch to Goldfedder, he
schall hengahn un dat Gras meihn. Man he geiht

---

[1] haren = dengeln (Sense durch Hämmern schärfen)

eerst na Goldmariken un fraagt ehr, wodennig he dat anfangen schall, he kennt dar nix vun. Goldmariken seggt, to de Tied, wenn de Oolsch em wat to eten bringt, schall he man de Lee strieken, dat dat luut klingen deit. Do geiht Goldfedder na de Wisch un leggt sik eerstmal dal un slöppt en Stremel. Man to de Tied, as em dat Eten bröcht warrn schall, do strickt he de Lee, dat dat luut klingen deit. Do fall all dat Gras up eenmal um. Denn kümmt de Oolsch, un as se süht, dat is allens daan, do laavt se em för sin Fliet un seggt, dar schall he dat uck guut för hebben bi ehr.

De neegste Dag seggt de Oolsch wedder to Goldfedder, he schall hengahn un maken en Biel scharp, denn he schall Holt hau'n. Man he weet uck nich, wodennig he schall en Biel scharp maken, darum geiht he wedder na Goldmariken för un halen sik Raat. Se seggt, he schall sik en Steen kriegen un dar dat Biel twee-, dreemal up hen un herstrieken, denn is dat sachs scharp. Goldfedder strickt dat Biel up en Steen twee-, dreemal hen un her, un foorts hett he dat scharp. Kort darna seggt de Oolsch, he schall to Holts gahn un ehr wat Holt hau'n. He geiht hen, man he kann heel un deel nix afkriegen. Upletzt kümmt Goldmariken un bringt em dat Fröhstück. Och, seggt he, se mutt em nochmal wedder helpen, he kennt nix vun't Holthau'n. Ja, ja, seggt se, se schall em ümmerto helpen, un he helpt ehr nie nich. O, seggt Goldfedder, se schall em man gloven, he will ehr ümmerto leev hebben un nie nich vun ehr afgahn, so lang' as dar man noch is een Drüpp warme Bloot in em, wenn se em man blots dütmal noch ut'e Kniep helpen deit. Na ja, seggt se, denn schall he man dat Biel umdreihn un dar an'e Boom mit hau'n.

He deit dat, un do liggt foorts all dat Holt umhaut dar. To Middag, as de Oolsch kümmt, wunnert se sik, wo flietig as he we'n is un laavt em un seggt, he schall dat uck wiederhen guut hebben. As Goldfedder denn to Avend na Huus kümmt, leggt he sik dal up sin Bett un denkt vel an sin Vadder un Mudder, man mehr noch an Goldmariken.

De neegste Morrn seggt de Oolsch, he kann mal wecke Harken torecht maken, se schoe'n vundaag dat Heu kehren un indrägen. Wodennig se denn dat Heu indrägen schoe'n, fragen de Döchter, dat geiht doch woll nich an, meenen se. Jo, seggt se, dat schall passeern, un se moeten dat doon. Do geiht Goldfedder hen, un as Goldmariken em hulpen hett, sünd de Harken klaar. Do gahn de Oolsch ehr beide Döchter mit Goldfedder rut na de Wisch, un Goldmariken kümmt uck, un do fraagt Goldfedder ehr liesen, wodennig se nu dat Heu indrägen schoe'n. He schall man, seggt se, jüst so as se en Stock up'e Nack nehmen, denn schall dat Heu sachs rinkamen. As denn de beide Döchter mit en beten Heu vörangahn, do nehmen Goldmariken un Goldfedder se's Stöcker up'e Nack, un all dat Heu kümmt achter se ran, un nich lang', do hebben se dat dar, 'nem dat liggen schall. Do kümmt de Oolsch un laavt Goldfedder un de annern, dat se so flietig we'n sünd.

Denn schall he de neegste Dag dat Brennholt na Huus slepen. Man as he dar hengeiht, kann he meist nix wegkriegen un is foorts möö'. Do seggt he dat wedder to Goldmariken. Un de seggt, he schall dat man so maken as bi dat Heu, un as Goldfedder dat deit, hett he foorts all dat Holt to Huus. Do seggt de Oolsch, he schall nu wecke Spaa'en t'rechtmaken, he schall de neegste Dag Lehm graven. Un denn schall he uck Forms maken to Teegelsteens, he schall ehr wecke Lehmsteens strieken. Goldmariken mutt em wedder helpen, un denn sünd Spaa'en un Forms bald klaar. Un as he denn Lehm graven schall, un he kriggt dar nix rut, do kümmt Goldmariken un seggt, he schall man düchtig mit de Spaa stöten, denn flüggt dar al nugg Lehm rut. As Goldfedder denn mit de Arbeit t'recht is, kümmt de öllste Dochter un laavt em bannig. Do seggt Goldmariken, se laven em vel to dull, se hett doch uck mitarbeid't. Man de Dochter meent, Goldfedder hett noch vel mehr Loff verdeent. As se denn wedder weg is, seggt Goldmariken to Goldfedder, dat hett för ehr nix Gudes to bedüden, dat se em so dull laven deit. Man Goldfedder seggt, he will ehr wiss un warraftig truu we'n so lang', as he leven deit.

As denn de Oolsch kümmt, seggt se, he schall nu Lehmsteens strieken. Goldfedder deit dat, un as se ferdig sünd, schall he se na Huus kriegen, man se sünd em vel to swaar. Do geiht he wedder na Goldmariken för un halen sik Raat. He is doch richtig so'n Doeskopp, seggt se, se hett em dat doch so faken seggt, he schall blots en Stock up'e Nack nehmen, denn kümmt sachs allens achterher. Goldfedder nimmt en Stock up'e Nack, un all de Steens kamen achter em ran. Denn fraagt de Oolsch, um he dat uck kennt un buen en Backaben. Nee, seggt he, man he will sik Möögde geven.

Goldfedder maakt sik an'e Arbeit, man he kann nich de Lehm t'rechtmaken un nich de Steens leggen. Do geiht he denn wedder na Goldmariken, dat se em ut'e Kniep helpen schall. Och, seggt se, he weet uck vun gar nix wat af. He schall man en Stock nehmen un düchtig in'e Lehm hau'n, denn is 'n sachs to bruken. Un bi't Muern kann he man en beten up en Steen pinkern, denn schall de Backaben sachs klaar warrn.

He is noch bi, do kümmt de Oolsch un kieken na, un as he fragen deit, um se is tofreden, seggt se „Ja". Man as he ferdig is, kümmt Goldmariken na em un seggt, se moeten sik nu bald reisferdig maken, se hett hört, de Oolsch hett seggt, se warrn ehr to klook, un wenn de Backaben ferdig is, schoe'n se dar in braden warrn. Man een Deel will se em man seggen, wenn em wat liggen deit an sin Leven, denn so schall he ehr nich verlaten, alleen kann he nix warrn gegen de Oolsch. De neegste Dag will de em utruh'n laten, un denn de Dag braden, darum schall he up'e Posten we'n. Goldfedder kriggt dat rein mit'e Angst, man dat kümmt jüst so, as Goldmariken dat seggt hett. Morrn, seggt de Oolsch, kann he sik utruh'n.

Dat is noch heel fröh, dat will jüst Dag warrn, do steiht Goldmariken up un maakt Goldfedder waak. Se maken sik gau reisferdig, un as se afste' woe'n, spüttet Goldmariken tweemal an ehr Kamerdör, eenmal vun elker Siet, un seggt, wenn de Oolsch ehr dat eerste Mal röppt, schall 'n antern: „Ik kaam", un wenn se dat tweete Mal röppt: „Ik kaam gliek". Morrns bölkt de Oolsch denn na Goldmariken; do antert de Dör ut'e Kamer: „Ik kaam!" Un as se dat tweete Mal röppt, antert de Dör ut'e Koek: „Ik kaam gliek!" Man dar kümmt keen.

Upletzt kümmt de Oolsch in'e Beens un kickt na in'e Kamer un in'e Koek; do sünd Goldmariken un Goldfedder weg. Do maakt se gau ehr beide Döchter waak un seggt, se schoe'n upstahn, Goldfedder un Goldmariken sünd utknepen, un se moeten achterna. De

32

jüngste schall toeerst gahn. An'e Anbarg vör de blaue Barg, seggt se, dar steiht en Rosenbusch mit een verdrögte Roos, de schall se up jeden Fall afplöcken un ehr bringen. De Dochter denn ja achter de Utkniepers ran. De sünd al en ganze Stück gahn, do seggt Goldmariken to Goldfedder, he schall ehr up'e linke Foot pedden un ehr oever de rechte Schuller kieken, um dar uck een kamen deit. Do seggt Goldfedder, de Oolsch ehr jüngste Dochter kümmt se achterna rennt. Goldmariken seggt, denn will se sik to en Rosenbusch maken un em to en verdröögte Roos, man he schall sik jo nich afplöcken laten, he schall düchtig steken. Wenn se em afbraken kriggt, denn sünd se all beid verratzt.

As de Deern nu na de Busch kümmt, will se de Roos afplöcken, man de stickt so dull, se mutt dat nalaten. Do geiht se wedder na Huus, man vun ehr Mudder kriggt se düchtig Schimp, dat se so doesig we'n is. Denn seggt de Mudder to ehr öllste Dochter, nu schall se afste', un wenn se oever de blaue Barg kümmt, denn steiht dar en witte Kirch, dar binnen steiht en Preester up'e Kanzel, de schall se bi de Hand faatkriegen un mitnehmen.

Goldmariken un Goldfedder sünd wieldes wiedergahn, man nich lang' darna seggt Goldmariken wedder, he schall ehr up'e linke Foot pedden un oever de rechte Schuller kieken, um dar uck een achter se rankamen deit. Ja, seggt Goldfedder, de öllste Dochter kümmt. Denn, seggt Goldmariken, will se sik to en Kirch maken un em to en Preester, man he schall sik jo nich anfaten laten, anners sünd se verratzt. Denn kümmt de öllste Dochter un geiht rin in'e Kirch, man na de Kanzel kann se nich kamen, un do mutt se so wedder na Huus.

Man nu ward de Oolsch splitterndull un löppt foorts sülven afste'. Do seggt Goldmariken wedder to Goldfedder, he schall ehr up'e linke Foot pedden un oever de rechte Schuller kieken, um dar uck een achter se ran is. Ja, seggt Goldfedder, nu kümmt de Oolsch sülven. Denn will se sik to en Diek maken, seggt Goldmariken, un em to en Ent. Man he schall sik jo nich an'e Kant locken laten, dat se em faatkriegen kann. Man ehr gollne Ringen, de ward se em hensmieten, dat se em langen kann, de schall he nehmen, wenn he se ahn Gefahr kriegen kann.

Denn kümmt de Oolsch an'e Diek un lockt de Ent, de dar ümmerto up rumswümmen deit. Se smitt ehr gollne Ringen een na een rin, man de Ent lett sik dar nich mit kriegen, bet de ole Hex toletzt keen mehr hett. Do ward se so vergrellt, se will de Diek utsupen, un do leggt se sik dal un süppt un süppt, bet se bassen deit. Do nehmen Goldmariken un Goldfedder wedder se's wahre Gestalt an un swören sik gegensiedig, se woe'n sik ewig truu we'n un nie nich vun eenanner laten. Man vör de Oolsch bruken se nu ja nich mehr bang' we'n.

Na lange Wannern kamen se toletzt na de Stadt, 'nem Goldfedder sin Vadder wahnen deit un König is. As se do vör dat Slott kamen, un Goldfedder will rin, do seggt Goldmariken to em, he schall ehr man nich vergeten un ehr dar buten up'e breede Steen stahn laten, wenn he in sin Vadder sin Huus kümmt. Darum schall he sik dar jo vör wahren un laten sik vun jichens een en Söten geven, denn so hett dat keen Noot, dat he ehr so gau vergeten deit. Dat seggt Goldfedder ehr to, un he denkt dar uck an, as he rinkümmt un sin Vadder un Mudder lopen em in'e Mööt un woe'n em begröten; he gifft se keen Söten.

34

Man as he in'e Stuuv kümmt, do is dar sin ole Bruut vun fröher, de heet Menne; so draa as de em wies ward, springt se vull Freud up, löppt hen na em, un ehrer he sik darvör wahrt, hett se em een updrückt.

Do is Goldmariken miteens rut ut sin Kopp. Lang' steiht se buten up'e breede Steen un luert, dat he ehr halen schall. As denn keeneen kamen deit, do weent se eerst noch en ganze Tied, man denn, as se sik utblarrt hett, geiht se hen un meed't sik en smucke, lütte Kaat liek oever vör dat Slott un gifft sik ut för en Neihersch. Dar wahnt se denn ganz alleen, blots en paar Duven sünd ümmer to Gesellschop bi ehr in'e Stuuv, un in'e Toft achter't Huus hett se en lütte Kalv lopen, dat fuddert se elkeen Dag un hett dar ehr Spaaß an un trecken dat up. Un wo se so fein neihen kann, kriggt se bald mehr Arbeit as nugg. Keen Deern in'e heele Stadt, seggen de Lüüd, kann dat fiener un smucker maken as Goldmariken.

Nu hebben de junge Herrn vun't Slott un in'e Stadt dat uck bald klook, wat Goldmariken för'n smucke Deern is, un se harrn ehr geern mal neeger kennen- lehrt. Man Goldmariken schert sik nich um se un kickt gar nich hooch vun ehr Arbeit, wenn de junge Bengels ümmer vör ehr Finster up un dal gahn. Nu sünd dar mang de Hofflüüd up't Slott dree Bröder, de hebben sik vör allen in Goldmariken verkeken. Do seggen se upletzt to se's Mudder, se schall se mal wat fiene Linnen geven, Goldmariken maakt so'n feine Arbeit, se woe'n sik vun ehr wecke Kragens neih'n laten.

De öllste geiht toeerst hen, bütt Goldmariken de Dagstied un sett sik dal un snackt mit ehr. De neegs- te Avend kann he sin Kragens afhalen, seggt Goldmariken. As he nu de neegste Avend wedderkümmt för un halen de Kragens, do seggt se, he schall doch man noch en beten blieven, un do blifft he dar bet Betttied. Do will he wedder weg, man Goldmariken seggt, he kann geern de Nacht bi ehr blieven. Dat is de Jungkeerl ganz recht. Man as Goldmariken to Bett will, seggt se to em, he schall doch mal hengahn un sluten de Huusdör to, un as he dat Slott anfaten deit, röppt se:

„Mann an Slott un Slott an Mann,
dat ik ruhig slapen kann.“

Do sitt he fast an'e Dör un mutt de heele Nacht dar stahn blieven. As Goldmariken de neegste Morrn up-steiht, do ward se dar an denken, he steiht dar ja ümmer noch, un do seggt se:

„Mann vun't Slott un Slott vun'e Mann,
dat he rinkümmt un sik för ruhige Slaap bedankt.“

Do kümmt he rin, bedankt sik för de ruhige Slaap, kriggt sin Kragens, dar is he fein tofreden mit, un glitt sik af. To Huus seggt he nix na. Man de tweete Broder seggt, vunavend mutt *he* hen.

To Avend geiht *de* denn hen na Goldmariken un seggt, he will uck geern wecke Kragens neiht heb-ben, so as sin Broder se kregen hett. Dat kann uck angahn, seggt Goldmariken, he schall sik man en be-ten dalsetten un verpuusten. De Avend geiht denn so hen, Goldmariken neiht, un se snacken tohopen; man to Betttied will he sik afglieden. Do seggt se to em uck, he kann driest de Nacht dar blieven. Man as se to Bett will, seggt se, se hett heel un deel vergeten un maken de Gaarnpoort to, um he nich will so guut we'n un doon dat för ehr. Ja, geern, seggt de Jung un löppt gau hen. Man as he de Ring an'e Poort faat hett, röppt se:

„Mann an Ring und Ring an Mann,
dat ik ruhig slapen kann."

Do kann he nich loskamen un mutt de heele Nacht dar stahn blieven, bet Goldmariken morrns upsteiht un seggt:

„Mann vun'e Ring und Ring vun'e Mann,
dat he rinkümmt un sik för ruhige Slaap bedankt."

Denn lett de Ring los, un he kümmt rin un bedankt sik för ruhige Slaap.

As he nu mit sin Kragens na Huus kümmt, fraagt sin Broder em foorts, wonem he de Nacht stahn hett. Wat? seggt he, he hett slapen. Dat lüggt he, seggt de anner, he schall em man seggen, wonem he stahn hett, denn will he em uck vertellen, wonem he stahn hett. Do seggt he, he hett an'e Gaarnpoort stahn. Un he an'e Huusdör, seggt de anner; un denn maken se sik dat af, se woe'n se's jüngste Broder dar nix vun seggen, de schall uck anscheten warrn.

De jüngste Broder geiht denn to Avend hen. He bütt Goldmariken de Dagstied un fraagt, um se em nich will en paar Kragens neih'n, so as sin Bröder se kregen hebben, womoeglich noch wat smucker. Vun Harten geern, seggt se, he schall sik man en beten dalsetten un töven. As de Avend denn to Enne is, seggt se to em uck, he schall man de Nacht bi ehr blieven. Dat will he heel geern. Man as Goldmariken to Bett will, seggt se, ehr Kalv is noch nich tüdert, dat löppt in'e Toft, he schall ehr doch man de Gefallen doon. Ja, geern, seggt he un löppt rut. Man as he dat Tau faat nimmt, seggt se:

„Mann an Tau un Tau an Mann,
dat ik ruhig slapen kann."

Do löppt dat Kalv mit em oever Stock un Block un
dör Dick un Dünn de heele Nacht hendörch. De neeg-
ste Morrn ward Goldmarie dar an denken, de Bengel
löppt dar noch mit dat Kalv rum, un do seggt se:
„Mann vun't Tau un Tau vun'e Mann,
dat he rinkümmt un sik för ruhige Slaap bedankt."

Do kümmt he rin, bedankt sik för ruhige Slaap un
freut sik düchtig oever sin Kragens, de sünd noch vel
smucker as sin Bröder se's. As he denn na Huus
kümmt un sin Bröder woe'n em utfragen, seggt he
nich na, dat he de heele Nacht mit dat Kalv rum-
rönnt is.

Wieldes is dat so wiet kamen, dat Goldfedder mit
Menne Hochtied maken schall. As nu de Waag mit
de Bruutlüüd vun't Slott dalkümmt un bi Goldmari-
ken ehr Finstern langfahren will, do wünscht se, dat
'n liek vör ehr Dör in deepe Mudd versacken schall.
Do blifft de Waag steken, un Perde un Minschen koe-
nen 'n nich ut'e Stä' kriegen. Do ward de ole König
bannig gnadderig un lett mehr Perde vörspannen un
mehr Lüüd anfaten. Man dat helpt allens nich. Nu
sünd mang de Bedeenters, de mit de Brüdigam to
Kirch schoen, uck de dree Bröder. Do seggt de öllste
vun se to de König, dar in'e lütte Kaat wahnt en
Deern, de kann wünschen, wat se will; se hett de
Waag dar wiss fastwünscht. Wonem he dat vun
weet, dat se dat kann, will de ole König weeten. Ja,
seggt he, se hett em mal an'e Dör wünscht, un do
hett he dar de heele Nacht an stahn musst. Ja, seggt
de tweete Broder, man wenn se een fastwünscht
hett, denn so wünscht se em naher uck wedder los.

Wonem he dat vun weet, fraagt de König. He hett mal de heele Nacht an'e Gaarnpoort stahn musst, seggt he, man de neegste Morrn hett se em wedder losmaakt. Do will de ole König al een rinschicken na Goldmariken, man de jüngste Broder seggt, de Deern hett uck en Kalv, dat hett Knoev för tein Perde; he schall man de Brüdigam na ehr ringahn laten för un fragen ehr, um se se dat nich lehnen will, denn kümmt de Waag sachs los. Ja, seggt de Brüdigam, dat will he woll doon, stiggt ut'e Waag un geiht na Goldmariken un fraagt ehr um un lehnen se ehr Kalv. He hett hört, seggt he, dat hett so vel Knoev. Ja, seggt se, dat Kalv koenen se geern kriegen, man denn mutt he ehr toseggen, dat se uck noch mit schall to Hochtied un ehr beide Duven uck. Dat seggt de Brüdigam ehr to, un as do dat Kalv vörspannt ward, treckt dat de Waag ganz licht rut.

As de beide junge Lüüd na de Truu nu na Huus kamen un en Barg Gäste tohopen sünd, do kümmt uck Goldmariken mit ehr beiden Duven. Se ward heel fründlich upnahmen un in'e Saal bröcht; ehr beide Duven blieven ümmer bi ehr un sitten up ehr beide Schullern. Denn geiht dat to Disch, un leckere Eten ward updragen. Goldmariken kriggt dar uck wat vun vörsett, man se roegt nix an un sitt blots stumm un trurig dar. Do wunnern de Lüüd sik, dat de smucke Deern so trurig is un nix eten mag. Man as se ehr darna fragen, do antern de Duven:
    „Lütt Duuv, lütt Duuv mag gar nich eten,
    Goldfedder hett Goldmariken up'e Steen vergeten."

Dat hört de Brüdgam un he seggt to de Bedeenters, se schoe'n ehr nochmal wat vörsetten, wat noch feiner is. Man Goldmariken roegt nix an, un de Duven seggen:

„Lütt Duuv, lütt Duuv mag gar nich eten,
Goldfedder hett Goldmariken up'e Steen vergeten."

Do ward de Brüdigam heel nadenkern, he kickt Goldmariken mal nipp an, un do ward he ehr kennen. Do seggt he to sin Bruut, se schall em doch mal up en Fraag antern. He hett en Schapp, seggt he, un dar hett he twee Sloeteln to, en ole, de hett he mal verlaren hatt, aver nu wedderfunnen, un en nüe een, de hett he sik anschafft, as de ole weg weer. Nu schall se em doch mal seggen, wat för'n Sloetel he to- eerst bruken schall, de ole oder de nüe. Do seggt se, de ole mutt he eerst bruken. Na, seggt he, denn so hett se ehr eegne Ordeel spraken, denn dat is sin leeve Goldmariken, mit de hett he Freud un Leed deelt bi de ole Hex in't Holt, se hett em ümmer hulpen, un he hett ehr swaren, he wull ehr ewig truu we'n. Do mutt Menne Goldfedder upgeven, un all Lüüd, Menne ehr Öllern un sin Öllern mit, seggen, dat hett uck keen anner *mehr* verdeent as Goldmariken un warrn sin Fruu. Do maken se denn mit'n- anner Hochtied un hebben vele, vele Jahren glück- lich tohopen levt.

De Mann ahn Hart

Dar sünd mal soeven Bröder we'n, de hebben nich Vadder un nich Mudder mehr hatt. Se hebben tohopen in een Huus levt, man se hebben allens sülven doon musst, waschen, kaken, utfegen un wat dar anners anlegen hett, denn se hebben uck keen Süstern hatt. So'n Weertschopp hebben se upletzt de Näs vull vun. Do seggt een vun se, se schullen man lostrecken un sik elk en Bruut halen. De dare Raat dücht de Bröder all wat um, un se maken sik klaar för de Reis. Blots de jüngste, de will darblieven un dat Huus wahren. Sin söss Bröder seggen em to, se woe'n för em uck en Bruut mitbringen.

De Bröder seggen sik adjüs un söss Mann hooch trecken se nu lustig un fideel rut in'e Welt. Na korte Tied kamen se in en grote, wille Holt togang', un as se dar en ganze Tied in rumlapen sünd, kamen se an en lütte Kaat, dar steiht en ole Mann vör de Dör. As de nu de Bröder so lustig vörbitrecken süht, fraagt he, wonem se up dal woe'n, dat se sodennig an sin Huus vörbigahn. Och, seggen se, se woe'n sik elk en junge, smucke Bruut halen, darum sünd se so lustig. Se sünd alltohopen Bröder, vertellen se, un een hebben se noch to Huus laten, för de schoe'n se uck en Bruut mitbringen. Denn wünscht he se vel Glück up'e Reis, seggt de ole Mann, man se koenen ja sachs verstahn, wo he ümmer so alleen is, dat he uck en Bruut nödig hett, darum will he se raden un bringen em uck een mit. De Bröder seggen dar nix to, se reisen wieder un denken, wat de Ole dar seggt hett, is doch sachs man Tüünkraam we'n, wat schall he woll mit en Bruut!

Nich lang' darna kamen se na en Stadt. Dar finnen se soeven junge un smucke Süstern. Elk vun de Bröder nimmt sik dar een vun as Bruut, un de soevente, de jüngste, nehmen se mit för se's jüngste Broder.

As se nu wedder in dat Holt kamen, steiht de Ole vör sin Dör, un as dat schient, hett he al up se luert. He röppt se al vun wieden in'e Mööt, um se denn uck hebben en Bruut för em mitbröcht, so as he se dat updragen hett. Nee, seggen de Bröder, för em ole Mann hebben se keen finnen kunnt, se hebben blots för sik sülven wecken mitbröcht, un de soevente is för se's Broder. De koenen se em denn man laten, seggt de Ole, denn wat se toseggt hebben, dat moeten se uck holen. Man de Bröder woe'n nich. Do kriggt de ole Mann en lütte witte Stock dal vun en Riech oever de Huusdör, un as he de söss Bröder un se's Bruten darmit antickt, do sünd se mitmal all to graue Steens worrn. De leggt he tosamen mit de lütte Stock up'e Riech oever de Dör, man de soevente Bruut behollt de ole Mann bi sik.

De Deern mutt nu allens in sin Huus beschicken, wat dar to doon is un wat en Huusfruu so um'e Hand hett. Se deit dat allens mit gude Willen; wat schall se dar uck bi maken? Se hett dat uck heel guut bi em, blots se mutt dar ümmer an denken, he kunn ja bald dootblieven. Wat schall se denn anfangen so heel alleen in dat grote, wille Holt, un wodennig schall se denn ehr stackels verhexte Süstern un se's Brüdigams losmaken? Je länger se bi em is, je duller ward ehr darvör gruen; se blarrt un jammert de heele Dag un bölkt de Ole ümmer in'e Ohren, he is oolt un kann bald starven, un wat se denn anfangen schall, wenn he doot is. Se is denn ja heel alleen in dat dare grote Holt, seggt se. Do ward de ole Mann vergrellt un seggt, dar bruukt se gar nich bang' um we'n, he kann nich starven, denn he hett keen Hart in'e Bost. Man schull he liekers mal dootblieven, seggt he, denn liggen oever de Huusdör ja de twölf graue Steens un en lütte witte Stock; wenn se mit de dare Stock an'e Steens tickt, denn so warrn ehr Süstern un se's Brüdigams wedder lebennig. Do lett se em eerstmal in Ruh, man denn will se weeten, wenn sin Hart nich in'e Bost is, wonem he dat denn hett. Se schall nich so nieschierig we'n, seggt de Ole, se mutt ja nich allens to weeten kriegen. Man se blifft bi mit Triffeleern un Fragen, un toletzt seggt he wat gnadderig, se gifft anners ja doch keen Ruh, darum will he ehr man seggen, sin Hart sitt in'e Bettdek.

Nu geiht de ole Mann morrns ümmer to Holts un kümmt eerst to Avend wedder, denn mutt sin junge Huushöllersch dat Eten up'e Disch hebben. As he nu de neegste Dag na Huus kümmt, do is sin Bettdek utstaffeert mit allerhand smucke Feddern un lütte Blöme. Do fraagt he de Deern, wat dat to bedüden hett. Och, seggt se, se mutt ja de heele Dag alleen we'n un kann em nix to Leev doon, do hett se doch sin Hart en Freud maken wullt, he hett ja seggt, dat sitt in'e Bettdek. Do ward de Ole lachen. Dat is ja man en Spijöök vun em we'n, seggt he, sin Hart is lang' nich in'e Bettdek, dat is en ganz anner Stä'. Do fangt se wedder an un blarrt un jammert: Denn hett he ja doch en Hart in'e Bost un kann starven, un wat se denn anfangen schall, wenn he doot is, un wodennig se ehr Lüüd wedderkriegen schall. As he al seggt hett, antert de ole Mann, starven kann he nich, un he hett wiss un warraftig keen Hart in'e Bost, man schull he doch dootblieven, wat ja nich angahn kann, denn liggen ja oever de Huusdör de Steens un blangenbi de lütte witte Stock. He hett ehr dat ja al *mal* seggt, dar bruukt se blots de Steens mit anticken, un denn hett se all ehr Lüüd wedder. Man do geiht se wedder bi un bedeln un triffeleern, bet he upletzt seggt, dat sitt in'e Stuvendör.

Nu putzt se de neegste Dag de Stuvendör rut mit bunte Feddern un Blöme vun baven bet nedden, un as de ole Mann avends na Huus kümmt un fraagt, wat dat schall, do seggt se, och, se kann em ja de heele Dag nix to Leev doon, un do hett se doch sin Hart en Freud maken wullt. Man de Ole seggt wedder, sin Hart sitt lang' nich in'e Stuvendör, dat is en ganz anner Stä'. Do geiht dat denn jüst so as de Dag vörher, se blarrt un jammert un seggt, he hett doch en Hart un kann doch dootblieven, he will ehr blots wat wiesmaken. Do seggt de ole Mann, dootblieven kann he nich, man wenn se dat vör Kröpels Gewalt weeten will, wonem sin Hart is, denn so will he ehr dat seggen, dat se ennelk Ruh gifft. Wied, wied weg vun dar, seggt he, in en eensame Gegend, de keeneen kennt, dar steiht en grote Kirch, de is mit dicke, ieserne Dören guut verwahrt, un um'e Kirch löppt en grote, deepe Borggraven, un in de dare Kirch, dar flüggt en Vagel, un in de is sin Hart in, un so lang' as de dare Vagel leven deit, levt he uck. Vun alleen blifft 'n nich doot, un keeneen kann 'n fangen. Darum kann he nich starven, un se mutt sik keen Sorgen maken. —

Wieldes hett de jüngste Broder to Huus luert un luert. Man as sin Bröder gar nich wedderkamen, denkt he, dar is se wiss wat passeert. Do maakt he sik toletzt sülven up'e Padd un will se söken. Nu is he al en paar Daag gahn, do kümmt he uck na dat dare Holt, 'nem sin dree Bröder henkamen sünd, un kümmt na dat Huus vun de ole Mann. De is nich to Huus, man de junge Deern, sin Bruut, heet em willkamen. He vertellt ehr, he hett söss Bröder hatt, de sünd lostrocken un halen sik Bruten, man de is sachs wat tostött, denn se sünd noch nich wedder an'e Borg kamen. Darum is he sülven up'e Reis gahn un will se söken. Do markt de Deern, dat is ehr Brüdigam, un se vertellt em, wat ut sin Bröder un se's Bruten worrn is. Se freu'n sik all beid bannig, dat se sik funnen hebben. Se sett em wat to eten vör, un as he eten un drunken hett, segt he, nu schall se em doch mal seggen, wodennig he sin Bröder retten kann.

Do vertellt se em vun de ole Mann, de sin Hart nich in'e Bost hett, man in en Kirch wied weg vun dar. De Kirch, seggt se, liggt in en eensame, wööste Gegend, un de is guut verwahrt mit dicke, ieserne Dören, un buten um löppt en grote, deepe Borggraven, man in de Kirch, dar flüggt en Vagel, un de hett de ole Mann sin Hart. Denn will he doch mal sehn, seggt de Brüdigam, um he nich kann de dare Vagel faat kriegen. He kennt ja nich de Weg, un wied is dat uck, un de Kirch is guut verwahrt, man mit Gott sin Hülp ward he dat sachs klaarkriegen. Ja, dat schall he man doon, seggt de Deern, he schall de Vagel man söken. So lang as de dare Vagel leven deit, koenen sin Bröder nich loskamen. Man de Nacht, seggt se, mutt he sik ünner de Bettstä' verkrupen, dat de Ole em nich wies ward. De neegste Dag kann he denn wiederreisen.

Dat deit he denn uck un krabbelt ünner't Bett, as de ole Mann na Huus kümmt. Man de neegste Morrn, as de Ole wedder weg is, haalt de Bruut ehr Brüdigam ut dat Verstek rut, gifft em en ganze Korv vull to leven mit, se seggen sik vull Leev adjüs, un he maakt sik up'e Padd. As he en ganze Tied gahn is, kriggt he Hunger, un do sett he sik dal, stellt sin Korv vör sik hen un maakt 'n up. He kriggt Fleesch un Broot rut un seggt: „De Lust hett un eten mit, de kann man herkamen!" Do kümmt dar en grote rode Oss an un meent, he hett ja seggt, de mit em eten will, de schall man kamen, un do will he nu geern mit eten. Jawoll, antert de junge Mann, dat hett he seggt, un he schall sin Deel kriegen. Do gahn se bi un eten, un as se satt sünd, seggt de rode Oss, ehrer 'n wedder geiht, wenn he mal in'e Kniep is un bruukt sin Hülp, denn schall he man seggen, wat he vun em will, denn kümmt 'n un helpt em. Foorts darna is 'n mang de Böme verswunnen, un de Jung geiht wieder up sin Reis.

As he denn wedder en düchtige Stück gahn is un he kriggt wedder Hunger, do sett he sik dal, maakt de Korv up un seggt as vördem: „De Lust hett un eten mit, de kann man herkamen!" Foorts kümmt ut't Kratt en grote, wille Swien un meent, he hett ja seggt, de mit em eten will, de schall man kamen, un nu will 'n geern mit eten. De Brüdigam antert, dat is em ganz recht, denn schall 'n man tolangen. Un as se eten hebben, seggt uck dat wille Swien, wenn he mal in'e Kniep is un bruukt sin Hülp, denn mutt he dat blots seggen, un denn will 'n em helpen. Denn verswinnt et in't Holt und de Jung geiht wieder up sin Reis.

As he denn de drütte Dag eten will un wedder seggt: „De Lust hett un eten mit mi, de kann man herkamen", do ward dat baven in'e Böme ruuschen, un de Vagel Griep kümmt dal, geiht blangen em sitten un meent, wenn he seggt hett, de mit em eten will, de schall man kamen, denn so will he geern mit em eten. Recht geern, seggt de Brüdigam, in Sellschopp eten maakt mehr Spaaß as ahn Sellschopp, he schall man driest tolangen. As se denn satt sünd, seggt de Vagel Griep, wenn he mal in'e Kniep is, denn so schall he 'n man driest ropen, denn will 'n em bistahn. Denn verswinnt 'n in'e Luft, un de Brüdigam maakt sik wedder up'e Padd.

Man denn duert dat nich mehr lang', do kann he de Kirch al vun wieden sehn. Do geiht he gauer un bald is he dar dicht bi. Man de Borggraven is em in'e Weg, de is to deep un waden dar dör, un swümmen kann he nich. Do fallt em to'n Glück de rode Oss in. „De kunn di nu helpen", denkt he, „wenn 'n en gröne Stieg dör dat Water supen dä. Wenn de man hier weer!" Knapp hett he dat seggt, do is de rode Oss dar, leggt sik up'e Kneen un süppt so lang', bet dar en gröne, dröge Stieg dör dat Water geiht. Do geiht de Jung dör de Graven un steiht nu vör de Kirch. Man de hett so'n dicke, ieserne Dören, dar kann he keen vun upmaken, un de Wänne sünd vele Foot dick un keen Stä' en Lock. Do weet he nix anners, he versöcht un breken enkelte Steens ut'e Muer; mit vel Möögde kriggt he een rutmarst. Do fallt em in, dat wille Swien kunn em helpen, un he röppt: „Wenn dat wille Swien man hier weer!" Foorts kümmt dat anstörmt un rönnt so gluupsch gegen de Muer, dar is foorts en grote Lock in. De Jung denn ja rin in'e Kirch, un do süht he dar de Vagel in rumfleegen. De kann he sülven nich griepen, denkt he, wenn nu de Vagel Griep man hier weer! Knapp hett he dat seggt, do is de Vagel Griep dar, man de hett dar uck grote Mars mit un fangen de lütte Vagel. Aver toletzt kriggt he 'n faat, gifft 'n de Jung in'e Hand un flüggt wedder weg. Vull Freud stickt he de Vagel in sin Korv un maakt sik denn up'e Rüggweg na de Kaat, 'nem sin Bruut is.

As he wedder bi ehr ankamen is un ehr vertellt, he hett de Vagel faat un in sin Korv, do freut se sik düchtig un seggt, he schall man eerst en beten wat eten un denn mit de Vagel wedder ünner de Bettstä' krupen, dat de ole Mann em nich wies ward. So schüht dat uck, un he is man knapp ünner't Bett krabbelt, do kümmt de ole Mann uck al na Huus, man he is schiet topass un jammert. Do ward de Deern wedder weenen un seggt, nu blifft he denn doch doot, dat kann een ja sehn, un he hett *doch* en Hart in'e Bost. Och, seggt de Ole, se schall doch man still swiegen, he kann nich dootblieven, dat gifft sik sachs bald. Man do knippt de Brüdigam ünner't Bett de Vagel en beten. Do ward de Ole ganz leeg topass, he mutt sik rein dalsetten, un as de Jung de Vagel noch faster anfaten deit, do beswiemt he un fallt vun'e Stohl. Do röppt de Bruut, nu schall he 'n man ganz dootkniepen, un as he dat daan hett, do liggt uck de Ole doot an'e Grund. Do haalt de Deern eerst ehr Brüdigam ünner't Bett rut, un denn geiht se hen, kriggt de Steens un de lütte witte Stock vun'e Riech oever de Dör, tickt dar elkeen Steen mit an, un do stahn mitmal all ehr Süstern un de Bröder wedder vör ehr. So, seggt se, denn woe'n se nu man na Huus reisen un Hochtied maken un glücklich we'n. De ole Mann is doot, seggt se, dar bruken se nich mehr bang' vör we'n. Un dat doon se denn uck. Se reisen fröhlich tohopen afste', fiern se's Hochtied all an een Dag un hebben denn noch vele Jahren in Freden un glücklich tohopen levt.

De Frier

Dar is mal en junge Mann we'n, de hett geern heira-
den wullt. Nu sünd dar up en Hoff dicht bi dree Süs-
tern, un he denkt, een vun de kunn dat woll warrn,
denn en ole Woort seggt:

> Elkeen frie de Naver sin Kind,
> denn so weet he, wat he finnt.

Do geiht he mal hen för un besöken se. Un do ward
he wies, se's Wockens sünd antockt, dat heet, dar is
Flass up för un spinnen. Dat gefallt em, un he seggt,
dat is ja fein, dat se so flietig sünd. Man bi sik denkt
he, he will se doch leever mal up'e Proov stellen, un
do geiht he bi un stickt heemlich en Sloetel in de
öllste Deern ehr Flassknuck. Naher geiht he wedder
na Huus un seggt, he will de neegste Dag wedder-
kamen.

As he denn de neegste Dag wedder henkümmt, do
stickt sin Sloetel ümmer noch in dat Flass up'e öllste
Süster ehr Wocken, dat hett se gar nich markt. Kiek,
denkt he, hett dat Aas di doch ansmeren wullt. Un
he nimmt de Sloetel dar rut – dat ward keeneen wies
– un stickt 'n in't Flass up'e tweete Süster ehr Wo-
cken. De neegste Dag geiht he wedder hen, un do sitt
sin Sloetel ümmer noch in de Deern ehr Flassknuck.
Dat is denn ja uck nich de Rechte, de hett em ja uck
man wat vörmaken wullt.

Do stickt he de Sloetel denn heemlich in dat Flass up
de jüngste Deern ehr Wocken, un denn geiht he wed-
der na Huus. De neegste Dag will he wedderkamen.
Un as he dar denn ankümmt, do kümmt de jüngste
Süster em al in'e Mööt mit sin Sloetel in'e Hand.
Hier, seggt se, de hett he güstern in't Flass up ehr
Wocken steken laten. So, seggt de junge Mann, denn

is se de Rechte, un he hollt foorts um ehr an, denn as dat lett, is se ja würklich flietig. Un se seggt uck foorts „Ja", un do warrn de beiden Mann un Fruu, un se hebben lang' glücklich tohopen levt.

Dat doesigste Fruunsminsch

Dar is mal en Slachter we'n, de hett Bankrott maakt. Do seggt he to sin Fruu, he will sik nu man en Schüffel kriegen un up Daglohn arbeiten. Man as he en paar Daag graavt hett, do sünd sin Hänne rein toschannen, un he seggt to sin Fruu, he mutt man doch wedder slachten. Do geiht he up't Land un will sik en Kalv kopen. He kümmt na en Dörp un fraagt, um se nich hebben en Kalv to Koops. Nee, seggen de Lüüd, se hebben nix, man dicht bi, dar wahnt en Möller, de hett fiev Ossen. De kann he uck bruken, seggt de Slachter un geiht hen na de Moehl.

As he do na de Moehl kümmt, is de Möller nich to Huus. Man as he weggahn is, hett he to sin Fruu seggt, wenn dar een kamen deit un will um'e Ossen hanneln, denn schall se se blots för föftig Daler dat Stück weggeven, för weniger sünd se nich to Koops. Do kümmt de Slachter un fraagt de Fruu, um se nich will de Ossen verkopen. Ja, seggt se, för föftig Daler dat Stück, weniger geiht nich. Dar is de Slachter mit inverstahn un will dat dar woll för geven. He hett man nich so vel baar Geld bi sik, seggt he. Aver wo he se all fiev upmal nimmt, seggt he, do koenen se dat ja man sodennig maken, dat he twee nu foorts mitnehmen deit, un de anner dree lett he ehr so lang' dar as Pand, bet he kümmt un bringt de vulle Pries. Ja, seggt de Fruu, he schall dat man so maken, as em dat jüst passen deit, un se freut sik, dat se so gau to Stücken kamen is un hett en gude Hannel afslaten.

As ehr Mann denn na Huus kümmt, fraagt he ehr ja foorts, um se hett de Ossen verköfft. Ja, seggt sin Fruu, all fiev up eenmal an en Slachter ut'e Stadt, för föftig Daler dat Stück un nich een Schilling weniger. Na, dat is en gude Hannel, denkt de Mann un itt eerstmal wat. As he ferdig is mit Eten will he denn ja dat Geld sehn. Ja, dat hett se noch nich kregen, seggt de Fruu, man de Slachter bringt dat bi veertein Daag, wenn he de letzte dree Ossen afhaalt. De hett he so lang' as Pand dar laten, twee hett he foorts mitnahmen. Na, seggt de Mann, dat gifft doch sachs up'e heele wiede Welt keen Fruunsminsch, wat doesiger is as se, un he ward rein vergrellt. Veertein Daag will he noch aftöven, seggt he, man wenn bet denn de Slachter nich kamen deit, denn so will he wegreisen un will in't Leven nich wedderkamen, wenn he nich en Fruunsminsch finnen deit, de noch doesiger is as se. Do luert de Möller denn noch veertein Daag af, man de nich kümmt, dat is de Slachter. Do reist de Möller denn ja afste'.

He hett al en ganze Tied reist, un narms hett he bet nu en Fruunsminsch funnen, wat doesiger is as de Oolsch, de he to Huus laten hett. Toletzt kümmt he na en Slott, dar wahnt en Graaf sin Wittfruu in. Do geiht je bi un jumpt ümmer tohööcht un gluupt rup na de Himmel. De Grafenoolsch ward em vun ehr Finster ut wies un schickt foorts ehr Kamerdeern dal, se schall em mal fragen, wat he dar vörhett oder wat em fehlen deit. Do seggt de Möller, se hebben in'e Himmel jüst en beten danzt, un do is he to neeg an'e Luuk kamen un is dalfullen. Nu kann he nich de rechte Sprung wedder kriegen för un kamen rup na baven. He mutt man wieder gahn un sehn, um he nich kann en anner Stä' de rechte Spoor wedderfinnen.

He deit denn so, as wenn he weggeiht, un kickt darbi ümmer noch rup na de Himmel. Man de Kamerdeern hett de Oolsch knapp Bescheed bröcht vun'e Möller, do kümmt de sülven achter em herrönnt un fraagt em, wenn he doch ut'e Himmel fullen is, um he denn uck ehr dode Mann kennen deit. Ja, wiss, seggt de Möller, em kennt he ganz guut, he hett jüst noch mit em danzt. Ja denn, seggt de Oolsch, denn so kann he ehr sachs uck seggen, um ehr selige Mann noch hett sin grote Steveln an mit de gollne Sparen un sin gröne Rock. Nee, seggt de Möller, de gollne Sparen, de hett de gnädige Herr körtens ut Noot verkopen musst. De Steveln, de hett he woll noch, man de sünd al dörch bet up't Letzte, un de gröne Rock hett he uck noch an, man dar kieken bilütten de Ellbagens rut. Och, röppt de Oolsch, dat is ja en Sünn un Schann, wo leeg as em dat dar gahn deit. De Möller kunn ehr en grote Gefallen doon, meent se, wenn he för ehr selige Mann wull wat Tüüg mitnehmen to en nüe Rock; ehr Soehn hett noch jüst sowat an. Un denn will se em uck noch veerhunnert Dukaten mitgeven un en beten wat gude Eten un Drinken. Ja, seggt de Möller, dat will he geern beschicken, un do gifft de Graaf sin Wittfruu em dat allens mit up'e Weg. Süh, denkt de Möller, dat is doch so een, as ik söken do, un maakt sik up'e Padd.

Nich lang', do kümmt de Junker na Huus un finnt do sin Mudder heel trurig un schiet topass. He fraagt ehr denn ja, wat se hett. Och, seggt se, do is jüst een dar we'n ut'e Himmel, de hett ehr so'n leege Naricht bröcht vun sin selige Vadder; de hett al ut Noot sin gollne Sparen verköfft, sin Steveln sünd dörch un sin Rock is twei. Do hett se de Mann wat Tüüg un veerhunnert Dukaten mitgeven. Se's selige Vadder deit ehr so leed. De Soehn markt ja foorts Müüs, wat dat up sik hett mit de dare Kraam. He lett gau sin Schimmel sadeln un jaagt achter de Möller ran.

Dat duert nich lang', do markt de Möller, dar is een achter em her. Un dar is keen Stä', 'nem he sik verkrupen kann. Man do bemött he en ole Fruunsminsch. De fraagt he, wat he ehr geven schall, dat se en Tiedlang ruhig un ahn wat to seggen ünner sin Mantel up'e Eerde sitten deit. De Oolsch will fiev Daler hebben, man de Möller gifft ehr tein, wenn se man genau dat doon will, wat he verlangen is. Dat seggt se em to un krüppt ünner de Mantel.

En Ogenblick later is de Junker up sin Perd denn bi se un fraagt de Möller, um he uck hett en Mann gau vörbilopen sehn. Ja, seggt de Möller, vör en Viddelstunns Tied, do is dar een heel gau vörbigahn, de hett af un to sogar rönnt. He is dar dwars oever't Moor gahn. Man wenn de anner man up sin Immenkorv uppassen will un em de Immen wahren, bet de heele Swarm dar wedder in is, denn will he em de dare Keerl sachs faatkriegen. De Junker laavt em noch en gude Drinkgeld up to, stiggt af un will denn de Immen wahren. Gau jumpt de Möller rup in'e Sadel un jaagt afste' up'e Schimmel. Do ward de Junker ja bald wies, dat is keen Immenkorv, man en ole Fruunsminsch, un do mutt he to Foots na Huus loopen ahn sin Schimmel. Un as sin Mudder em fragen deit, um he hett de Mann funnen, do seggt he: ja, he hett em gau funnen un hett em uck noch de Schimmel mitgeven, dat he doch wat gauer henkümmt.

Un de Möller reist wedder na Huus na sin Fruu. Un as he bi ehr ankümmt mit de Schimmel un de veerhunnert Dukaten un mit dat Tüüg to en nüe gröne

Rock un mit all dat gude Eten un Drinken, wat he de selige Herr hett mitnehmen schullt na de Himmel, do seggt he to ehr, nu will he man bi ehr blieven, denn he hett doch en Fruunsminsch funnen, wat noch doesiger is as se, un he hett dar sogar noch mehr bi verdeent, as all de fiev Ossen weert sünd.

De starke Franz

Dar is mal en Buer we'n, de hett twee Soehns hatt,
de öllste hett Krischan heeten un de jüngste Franz.
Man Franz is vel grötter we'n as sin öllere Broder un
hett mehr Knoev hatt as sin Vadder un sin Broder
tosamen, liekers he vel jünger we'n is. Mal seggt de
Vadder to sin Soehns, se woe'n to Holts un halen wat
Brennholt. Se gahn ja hen, man se koenen keen rech-
te Brennholt finnen. Do kriggt Franz de gröttste
Boom faat bi de Stamm un ritt 'n ut mitsamt de
Wuddel un nimmt 'n up'e Nack. Sodennig maakt he
dat noch mit soeven oder acht so'n Böme un seggt to
sin Vadder, se woe'n doch en richtige Dracht Brenn-
holt mit na Huus nehmen un nich umsunst gahn. Un
denn driggt he de Böme all upmal na Huus. Man sin
Vadder seggt, he maakt se noch dat heele Holt to-
schannen, dat neegste Mal schall he nich so vel ut-
rieten.

As se denn dat neegste Mal wedder to Holts woe'n un
halen Brennholt, do seggt Franz, he mutt sik man en
anner Holt söken oder en anner Herr; mit de anner
beiden will he nich wedder gahn. Un denn schechelt
Franz alleen afste' un geiht ümmer deeper rin in't
Holt. As he dar nu so geiht, bemött he en lütte Keerl,
de heet Hermanni, un de snackt em an un seggt,
wenn he en Deenst söken deit, um he denn nich Lust
hett un kamen bi em an. Ja, seggt Franz, wenn de
Herr guut betahlen deit. Do seggt Hermanni, he
kriggt veerhunnert Mark Lohn un tweehunnert
Mark to Gottspenning. Darför hett he wieder nix to
doon as passen sin brune Hingst, um anners wat
hett he sik nich to kümmern. Franz is mit de dare
Lohn tofreden, un de Herr geiht mit em na sin Slott,
dat liggt up en hoge Barg. Dar mutt Franz denn de

Hingst passen; he striegelt un fuddert 'n elkeen Dag un passt sin Deenst, as sik dat hört.

As dat Jahr nu rum is, kümmt de Herr wedder na Franz un fraagt, um he nich Lust hett un blieven noch en Jahr bi em. Ja, seggt Franz, man he will geern mehr Lohn hebben. Do seggt de Herr, he will em düt Jahr achthunnert Mark Lohn geven un veerhunnert Mark to Gottspenning. Darför hett he nix wieder to doon as passen sin Hingst, allens anner geiht em nix an. Franz seggt foorts, denn will he noch en Jahr bi Hermanni up dat Slott blieven, man he will geern Verlööv hebben un besöken mal sin Vadder un sin Broder. Ja, seggt de Herr, dat kann uck geern angahn, man blots – denn is dar ja nümms un passen de Hingst, wenn he weg is. Och, seggt Franz, wenn dar wieder nix in'e Weg is as dat, denn kann he ja driest gahn, de dare Reis maakt he up een Dag un is to Avend denn wedder dar.

Do geiht Franz denn bald mal hen na sin Vadder un sin Broder, un de freu'n sik bannig to un sehn em mal wedder, se hebben em ja so lang' fehlen musst. Sin Vadder fraagt em denn, wonem he so lang' we'n is, man Franz antert, dat kann he se nich seggen. As Franz denn to Avend wedder na dat Slott will, will sin Broder Krischan geern mit, man Franz seggt, dat geiht nich, 'nem he hengeiht, dar kann he em nich mit hennehmen. He geiht denn alleen wedder na dat Slott vun sin Herr.

De neegste Morrn kümmt de Herr hen na Franz un wiest em na Noorden to in't Slott en Dör. De dörv he jo nich upmaken, seggt he, anners geiht em dat leeg. Man wenn he deit, as he em heeten deit, denn so schall he dat uck wiederhen guut hebben bi em.

Franz seggt sin Herr dat to, passt truu sin Deenst, un dat Jahr vergeiht em so gau, em dücht, dat sünd man en paar Daag we'n.

As dat Jahr rum is, kümmt de Herr Hermanni wedder hen na Franz un fraagt em, um he nich wedder will bi em blieven. Franz seggt, dat weer em ganz recht, wenn he man en beten mehr Lohn kreeg. Do seggt de Herr, he will em för dat drütte Jahr sössteinhunnert Mark Lohn geven un achthunnert to Gottspenning, un wodennig he sin Deenst passen mutt, dat weet he ja. Do deent Franz bi de dare Herr uck noch dat drütte Jahr.

Man as dat meist rum is, do is de Herr mal up Reisen. Do denkt Franz, he kunn doch driest mal de Noorderdör vun't Slott upmaken un kieken, wat dat dar to sehn gifft. Dat kann doch nich so vel schaden, denkt he, un de Herr markt dat ja nich, de is ja nich to Huus. Do geiht Franz denn an'e dare Dör un ahn lang' to oeverleggen maakt he 'n up. Do is he mitmal in en wunnerbar smucke Gaarn vull mit ganz feine Blöme, denn all de Büsche, de he süht, sünd vun Demant, Gold un Sülver. Do plöckt Franz sik vun elkeen Busch en lütte Struuß, wickelt 'n in sin Snuuvdook un stickt 'n in'e Tasch. Denn geiht he wedder rut ut'e Gaarn. Man as he nu in'e Stall kümmt, wat wunnert he sik, do kann de Hingst mitmal snacken un schimpt em ut, wat he nu maakt hett. He schall 'n man foort de Sadel upleggen, seggt 'n, un rupklabastern. Blots wenn se utneihn, is dar noch Hülp an för se, anners luert up se beid de wisse Dood. Gau deit Hans, wat de Hingst seggt hett, sadelt 'n, springt up un denn nix as weg!

Se hebben al en Barg Mielen achter sik, do seggt de Hingst to Franz, he schall sik mal umkieken, em dücht, dar kümmt wat achter se her. Franz kickt sik um un seggt, ja, de Herr hett se al meist inhaalt. Denn schall he sin Riedpietsch achter sik smieten, seggt de Hingst, un as Franz dat daan hett, do is achter se en grote, hoge, dichte Tuun, un de Herr mutt lang marsen[1], ehrer he dar dörchkümmt. Wieldes sünd Franz un de Hingst wied vörut kamen. Man denn seggt de Hingst wedder to Franz, he schall sik mal umkieken, em dücht, dar is wat achter se. Franz kickt sik um un röppt, ja, de Herr sitt se al meist up'e Hacken. Denn schall he sin Wattsack[2] achter sik smieten, seggt de Hingst, un as Franz dat daan hett, stahn dar grote Bargen achter se, wiss en paar dusend Foot hooch. Do mutt de Herr eerst lang' klarrn, ehrer he roeverkümmt, man upletzt haalt he de Utkniepers doch wedder in. Do seggt de Hingst to Franz, he schall sik mal umkieken, em dücht, dar kümmt wedder wat. Ja, röppt he, de Herr is wedder ganz dicht bi. Denn schall he de Perdedek wegsmieten, seggt de Hingst. Do kümmt dar mang se un de Herr Hermanni en grote Water, dar kann he nich roeverkamen un nich dörchwaden, un do leggt he sik dal un will dat utsupen. Man dat is so vel Water, he basst dar merrn ut'nanner vun un is doot.

Nu ritt Franz noch en Stück wieder, un denn kümmt he na en smucke, gröne Holt. Dar lett he de Hingst up Gras lopen, leggt sik sülven in'e Schatten un vertehrt sin Kost, wat he mitnahmen hett, un as he ferdig is mit Eten, do slöppt he in, möö' as he is vun de lange, sware Reis.

---

[1] marsen = sich abmühen (dän. mase)
[2] Wattsack = Mantelsack

As Franz de Ogen wedder upmaakt, steiht dar en Disch vör em, un up'e Disch liggt en Swert. Do seggt de Hingst, he schall 'n mit dat dare Swert de Kopp afhau'n. Nee, seggt Franz, dat weer ja de gröttste Undank, de he em andoon kunn. De Hingst hett em so vel gude Deensten daan, seggt he, un dar schall he em för dootmaken? He schall dat man driest doon, seggt de Hingst, dat ward för se beid to'n Glück. As de Hingst nu biblifft un pranseln, kriggt Franz toletzt dat Swert faat un haut 'n de Kopp af. Do steiht dar mitmal en smucke Fruunsminsch vör em un seggt, he schall man nich bang' we'n. Se is en Königsdochter vun Russland, seggt se, un de leege Hermanni hett ehr wegslept un in en Hingst verhext hatt. Nu hett Franz ehr erlöst, un vörher hett he ehr ümmer so fein bedeent, darför will se em ümmer dankbar we'n un em helpen. Se gifft em en lütte Stock, dar schall he, wenn he in'e Kniep is, blots an de dare holle Boom mit kloppen, seggt se, denn helpt se em ut elkeen Verlegenheit.

Franz stickt de lütte Stock in'e Tasch, bedankt sik bi de Prinzessin un seggt ehr adjüs. Denn maakt he sik to Foots up'e Weg un kümmt bald na en Königsstadt. Dar, denkt he, mutt he man blieven, un he fraagt rum, um dar nich is en Gaarner, de en Jung bruken kann. De Lüüd wiesen em na een, de hett sin Gaarn blangen de König sin Slott. Franz fraagt, um he em nich will as Lehrjung annehmen. De Gaarner mag de Jung lieden, se warrn sik eenig, un Franz geiht bi em in Deenst.

Nu gifft de Gaarner em allerhand to doon, man Franz kennt dar ja nix vun, he maakt allens verkehrt. Mal schall he up en Blick, 'nem Wuddeln seit sünd, dat Unkruut wüü'n. De Gaarner seggt, dat

Kruut mit de kruse Bläder, dat schall he stahn laten, dat sünd de Wuddeln, all dat anner, dat is Unkruut, dat schall he utrieten. Do treckt Franz een Plant mit kruse Bläder rut, man he kann dar keen Wuddeln an finnen. Do denkt he, dat sünd gar keen Wuddeln un ritt de Wuddeln mitsamt dat Unkruut ut. As denn de Gaarner kümmt un süht, dat heele Blick is to'n Deuvel, ward he bannig verdreetlich un seggt, wenn dat nochmal passeert, denn jaagt he em ut'e Deenst.

Denn sett he em an, he schall Kartüffeln hacken, un wiest em so un so un lehrt em, wodennig he dat maken schall, dat he de Knullen nich tweimaakt un de Planten fein in'e Reeg stahn mit de Rillen dartwüschen. Man as de Herr weggahn is un Franz alleen wieder arbeid't, do hackt he allens platt. Do ward de Herr noch füünscher un seggt, wenn dat noch eenmal passeert, denn will he em wiss un warraftig ut'e Deenst jagen.

Mal schickt de Gaarner Franz in'e Gaarn, he schall nakieken, wodennig de Wittkohl steiht. Franz kümmt in'e Gaarn, un de Wittkohl steiht fein. Man Franz meent, de kunn noch beter utsehn, wenn 'n so weer as de Büsche in Herr Hermanni sin Gaarn. He langt in'e Tasch un kriggt de Twiegen rut, de he domals afbraken hett un strickt dar oever de Wittkohl mit hen un her, dat 'n glemen deit as idel Demanten, Gold un Sülver. Dat süht de König sin Dochter ut dat Slottsfinster un schickt foorts na de Gaarner un lett em bestellen, he schall ehr wat Gröönkraam up't Slott schicken, un de Lehrjung schall dat bringen. Do deit de Gaarner wecke junge Arften un Wuddeln in en Korv, un Franz geiht dar na't Slott mit.

„Dag uck, Deern!" röppt he, as he rinkümmt. „Danke", seggt se. Ja, seggt he, he bringt ehr dar wat Gröönkraam, Arften un junge Wuddeln. Guut, seggt se, he schall man en beten rinkamen un sik dalsetten un en beten wat eten. Dat kunn he uck meist doon, seggt Franz, geiht rin in'e Stuuv, sett sik an'e Disch, de steiht vull mit Wien un feine Eten, un denn itt he un drinkt, as harr he in dree Daag nich Natt un nich Dröög kregen. De Prinzessin freut sik to em, un as he satt is, fraagt se em, wat he för de Gröönkraam to kriegen hett. Hunnert Daler, seggt Franz. De Prinzessin gifft em dat Geld, sovel as he verlangt hett. As he denn na Huus kümmt un sin Herr fraagt em, wat he kregen hett, do smitt Franz de hunnert Daler up'e Disch. Do hett he doch vel to vel nahmen, seggt de Herr. Nee, seggt Franz, de Prinzessin hett em dat geven.

Na en paar Daag schickt de Prinzessin vun't Slott na de Gaarner un bestellt wedder wat Gröönkraam, man de Lehrjung schall dat bringen. Do deit de Herr wedder wecke junge Arften un Wuddeln in'e Korv för Franz un schickt em rup. „Dag uck, Deern", seggt he wedder, as he rinkümmt. „Schönen Dank", seggt de Prinzessin. He bringt ehr dar wedder wecke Arften un Wuddeln, seggt he. Guut, seggt se un nödigt em rin as dat Mal vörher, sett em allerhand feine Kraam vör, un Franz itt un drinkt un drinkt düchtig Wien, dat he toletzt up'e Stohl inslöppt. Do angelt de Prinzessin sik heemlich de Strußen vun Demanten, Gold un Sülver ut sin Tasch. As he denn waak ward, verlangt he tweehunnert Daler för de Gröönkraam. De Prinzssin gifft em de, un Franz geiht vergnöögt na Huus. Man foorts as he in'e Gaarn kümmt, langt he in'e Tasch, un do sünd sin Strußen nich mehr dar.

He söcht un söcht, man he kann se narms finnen, he ward heel vergrellt un gnadderig. Sin Herr ward dat wies un fraagt em, wat em fehlen deit un um he wat verlaren hett. Man Franz seggt, dat kann un will he em nich seggen.

Na en paar Daag lett de Prinzessin wedder wat Gröönkraam na't Slott bestellen, un Franz mutt dar hen mit. As he rinkümmt seggt he brummig, he bringt ehr dar dat Grööntüüg. De Prinzessin seggt, he schall doch rinkamen un en beten wat eten, man Franz will nich. Do fraagt se em, wat em denn weg is, he is ja so gnadderig. Wat em woll weg we'n schall, seggt Franz, sin Strußen sünd weg. Do seggt de Prinzessin, wenn't wieder nix is, denn schall he sik man tofreden geven, de hett se. As he verleden Dag dar we'n is, do hett se em de ut'e Tasch trocken, un nu schall he se uck wedderkriegen ünner een Bedingen: He schall mit ehr na ehr Vadder gahn un se dar mal so recht sin Kunst wiesen. Dar is Franz foorts praat to.

De Prinzessin geiht mit em na ehr Vadder, de König, un seggt, se bringt em dar de gröttste Kunstmaler vun't heele Europa. Dat will al wat heeten, seggt de ole König, denn schall he sin Kunst man mal wiesen. Do kriggt Franz sin Strußen faat un maalt de König sin Disch oever un oever an mit en Klöör, as weer dat idel Demanten, Gold un Sülver. De König is heel verbaast, he gifft Franz en Barg Geschenken un will em na Huus schicken. Do seggt de Prinzessin to ehr Vadder, se will de Jung geern heiraden. Man dat will de Vadder nich hebben. Do seggt de Prinzessin, wenn se Franz nich kriegen schall, denn so will se gar keen Mann hebben. Do mutt de ole König denn „Ja" seggen. Franz ward haalt un ward fraagt, un he seggt dar nich „Nee" to, un do ward dat Verlöövnis fiert. Man denn seggt de König to Franz, nu mutt he tosehn un kriegen en Slott. Wodennig he dat anstellen will, fraagt he, ehrer kann he keen Hochtied maken. Franz seggt, he verlangt vun em wieder nix as de grote Heidviert, veerhunnert Morgen groot. De schall he hebben, seggt de König, un denn? Dar will he al för sorgen, seggt Franz.

De neegste Morrn ritt Franz denn vör Dau un Dag to Holts un na de holle Boom, de de verwünschte Prinzessin em bedüüd't hett. Do tickt he dar an mit de Stock, de se em geven hett, un foorts is se bi em un fraagt, wat he will. He schall sik en Slott buun, seggt Franz, man he fehlt dar dat Geld to. Do gifft de Prinzessin em en lütte Büdel mit Geld un seggt, he schall man driest rinlangen un utgeven, de dare Büdel ward nie nich leddig. Denn ritt Franz wedder hen na de König un seggt, so, nu hett he Geld, nu woe'n se man buen. Man de ole König seggt, dat versleit nich vel för un buen en Slott, dar hören anner Summen to. Man Franz seggt, he meent, dat langt, un in de dare Büdel is mehr Geld in as in de König sin Schatzkamer. Do lett de König dat Geld tellen, un Franz sin Geldbüdel ward un ward nich leddig; je länger se tellen, je mehr is dar in. Do mutt de König denn togeven, sin Swiegersoehn is rieker as he sülven, un denn geiht dat los mit de Buerie, un dat ward en Slott, so een gifft dat nich nochmal up'e Welt.

As dat Slott denn ferdig is, laad't Franz sin Swiegervadder un sin Bruut na sik in un wiest se allens. Se sünd heel verbaast oever all de Pracht un de Glem, man de ole König seggt, dat is ja allens fein un prachtvull nugg, man he is bang' se kriegen bald

Krieg, un ehrer kann ut de Hochtied doch nix warrn. De ole König ward heel benaut un trurig, un sin Ahnen drüggt em nich, na en paar Daag laten mächtige Fienden em Krieg anseggen. Man Franz is fein toweg' un seggt, se bruken nich bang' we'n, wenn se uck nich p'raat sünd un nich so vel Lüüd hebben as de annern. Sin Swiegervadder schall em man maken laten, he will al klaar warrn. Do ritt he wedder to Holts, kloppt an'e holle Boom, un as de Prinzessin vun Russland denn foorts dar is, seggt he, he is wedder in'e Kniep, se's Land is mit Krieg oevertrocken un se hebben nich Lüüd nugg gegen de Fienden. Wenn se kann, denn schall se em doch nu uck wedder helpen. Do gifft de Prinzessin em en Swert un seggt, wenn he dar an en Boom mit haut, denn kamen de Suldaten flockwies rutmarscheert, so vel as he man bruken deit.

As Franz denn wedder na de König kümmt, hett de all de Mannslüüd vun't heele Land upbee'n laten, un dar sünd Olen un Jungen, Armen un Rieken, Kroepels un Gesunnen, Lüüd mit un ahn Fruu, un all sünd se klaar un marscheern afste'. Man Franz fraagt, wat all de Lüüd denn schoe'n. De König meent, dat sünd noch lang' nich nugg, man Franz seggt, se hebben al vel to vel, he schall man all de, 'nem Fruu un Kinner um weent hebben, na Huus schicken, un uck de Armen un de Olen un de Kroepels schoe'n man dar blieven. De König will dat nich hebben, man Franz seggt, de daren koenen un woe'n sik ja doch nich slaan. De König schall em man sorgen laten, se woe'n de Fiend al oever warrn.

Denn maakt dat Heer sik up'e Weg, un as se en Tiedlang marscheert sünd, kümmt se de Fiend in'e Mööt. Dat sünd so vel, so wied een kieken kann nix as Suldaten un Suldaten. Dat heele Feld blitzt un blinkert vun Wapen un de Luft is vull vun Kriegsmusik. Na, seggt Franz, du is dat sachs an'e Tied för se un maken Anstalten, dat se uck mehr Suldaten kriegen. Wonem de woll herkamen schoe'n, fraagt de König. Franz seggt, he schall man mal en beten an'e Kant gahn, se schoe'n foorts upmarscheern. Wovel se woll bruken, fraagt he. De König meent, he maakt Spijöök, un will dat nich gloven. Man Franz röppt, he schall man an'e Kant gahn, dat sin Suldaten em nich ünner de Fööt kriegen. Un denn haut he mit sin Swert an en Eek, un foorts kamen de Regimenter dar rutmarscheert, eerst söss Regiment to Foot, denn acht Regiment to Perd, denn tein Regiment mit sware Artillerie.

Denn geiht de Slacht los, un as de Fienden nich foorts wieken woe'n, haut Franz blots wedder an'e Boom, do kamen dar nochmal twölf Regimenter rut. Do will de Fiend utkniepen, man se warrn vun Franz un sin Suldaten all tonicht maakt bet up'e letzte Mann. Nu hett de ole König dar nix mehr gegen, dat se Hochtied maken, nee, he freut sik to un kriegen so'n Swiegersoehn as Franz. Do ward denn tostellt to de Hochtied un mit grote Pracht un Stahoi fiert, un wenn se nich dootbleven sünd, de junge Lüüd, denn so leven se sachs vundaag noch. Un so vel kann een seggen, se sünd ümmer glücklich we'n, un de Prinzessin is mit Franz nich bedragen we'n.

Hans, de Fuuljack

Dar is mal en Jung we'n, Hans hett he heeten, de is so fuul we'n, wenn em en Fleeg up'e Näs seten hett, hett he nich mal Lust hatt un böhren de Hand un jagen 'n weg, un harr he dar uck tein Daler mit verdeenen kunnt.

Mal schall he Water halen för sin Mudder, man de Weg is em to wied un de Ammer is em vel to swaar un slepen so wied. Do seggt sin Mudder, denn schall he doch de Schuuvkaar nehmen un kritten 'n hen. Do kriggt Hans sik en Schuuvkaar un fahrt mit'e Ammer na de Soot. As he bi de König sin Slott langkümmt, steiht jüst de Prinzessin an't apene Finster un kickt rut up'e Straat, un do süht se uck Hans, de Fuuljack, mit'e Ammer up'e Schuuvkaar. Do mutt se gewaltig lachen, un se lacht so luut, dat Hans un all de Lüüd up'e Straat dat hören. Do ward Hans vergrellt un denkt, kunn ik di man mal wat wünschen.As he nu na de Soot kümmt, kümmt dar en lütte, nüüdliche Goldfisch rutlapen. Hans will 'n mit na Huus nehmen, man do ward de lütte Goldfisch snacken un bedelt so dull, he schall 'n doch man wedder lopen laten, darför kann he sik uck wünschen, wat he will. Denn wünscht he, dat de Königsdochter, noch ehrer dat Avend ward, en lütte Jung kriggt, seggt Hans un lett de Goldfisch wedder lopen.

As dat denn Avend ward, hett de Prinzessin up't Slott en lütte Jung kregen, un keeneen weet, wokeen dar de Vadder to is. Man do will de König dat doch geern hebben, dat sin Dochter de to Mann kriggt, de de rechte Vadder is. Darum lett he in sin heele Riek Order utgahn, all Mannslüüd ut't heele Land schoe'n denn un denn an sin Hoff tohopenkamen. Un as denn de fastsette Dag dar is, gifft de Prinzessin ehr lütte Jung en gollne Appel in'e Hand un stellt em hen merrn in'e grote Saal, un de vun'e Keerls he de Appel gifft, de schall sin Vadder we'n un ehr Mann. Do kamen eerst all de Försten un Hertoeg un Grafen rin, denn uck all de Eddellüüd un all de annern Herrn vun't Land. Man de Jung steiht dar stief as en Stock un langt keeneen de Appel hen. Denn kamen de Ministers un all de König sin Bedeenters un Beamten an de Reeg, vun'e boeversten bet dal na de Nachtwächter, man de Jung roegt sik nich. Denn moeten uck de geistliche Herrn un de Kooplüüd un de Buern un de Handwarkers un de Daglöhners un Knechten un all bet dal na de Schinner rin in'e Saal un gahn an'e Jung vörbi, man de roegt sik keen Spier. As se nu all vörbi sünd un de König al meent, all Mannslüüd ut sin Land sünd dar we'n, do kümmt toletzt noch Hans in'e Saal rintüffelt, em hett sin Mudder mit Gewalt rupjagen musst. Man knapp ward de Jung em wies, do löppt he hen na em un langt em de gollne Appel hen. Do lett de König tostellen to en grote Hochtied, un Hans mutt de Prinzessin heiraden, un de hett to'n letzten Mal oever ehr eegne Mann lacht.

De ole Kittelkittelkaar

Lütt Broder un lütt Süster sünd mal to Holts gahn un söken Ber'n. Man do gifft dat leege Wedder, dat dunnert un blitzt, de Regen fallt as ut Ammern, un nich lang' un dat ward Nacht. Do verbiestern de Kinner un kamen ümmer deeper rin in't Holt. As dat Wedder sik toletzt geven deit, do is dat al heel düüster, un do klarrt lütt Broder up en Boom un kickt sik um, um dar nich is en Licht to sehn. Un do seggt lütt Broder to lütt Süster: Ja, he kann dar en lütte Licht sehn, dar woe'n se man up togahn. He klarrt gau dal vun'e Boom, un denn kamen se na en lütte Kaat, de liggt dar merrn in't Holt.

Do kloppen se dar liesen an, un en Stimm röppt vun binnen: „Wokeen is dar?" Och, antern de Kinner, se sünd dat man, lütt Broder un lütt Süster, un se sünd all beid natt bet up't Fell vun dat dare leege Wedder, un um se koenen dar Nacht blieven. Do kümmt dar en ole Fruunsminsch an'e Dör un seggt, se schoe'n man sehn un kamen weg, se kann se nich dar beholen, ehr Mann, dat is en Minschenfreter, un wenn de na Huus kümmt un se dar finnen deit, denn geiht se dat an't Leven. Man de Kinner beden un bedeln so dull, de Oolsch nimmt se upletzt doch mit rin un lett se sik dalsetten an't Füer, dat se se's Tüüg drögen koenen, un se kriegen uck en Brock Broot un Solt un en Sluck Water, dat se sik vermünnern. Man dar beholen kann se se nich, seggt se, bi en Stunnstied mutt ehr Mann kamen, un de fritt se denn up.

As de dare Stunn meist um is un de Kinner hebben sik vermünnert un upwarmt, do seggt de Fruu, nu schoe'n se man sehn un kamen weg. Do warrn se blarrn un fragen, wonem se denn de Nacht blieven schoe'n; buten is dat düüster un se koenen nich mehr de Weg na Huus finnen. Se holen gar nich up mit Bedeln. Do seggt de Oolsch, wenn se dat denn wagen woe'n un blieven dar, denn so will se se in'e holle Boom achter't Huus versteken un se de neegste Dag uck up'e rechte Weg wiesen; man wenn he se finnen deit, seggt se, denn hett *se* dar keen Schuld to.

Denn bringt se se hen na de holle Boom, un dat duert nich lang', do kümmt de Minschenfreter na Huus un fangt foorts an un snuppert un brummt: „Noro, noro, hier is Minschenfleesch!" Och wat, seggt de Oolsch, se hett jüst en Kalv slacht', he schall man kamen un sik eerstmal satt eten. De Minschenfreter gifft sik för't eerste tofreden un itt dat Kalv up, wat de Oolsch em vörsett hett; man as he dar ferdig mit is, geiht he foorts wedder bi un snuppert un brummt: „Noro, noro, hier is Minschenfleesch!" He söcht de heele Stuuv dörch, ünner't Bett, in't Klockenhuus, man narms finnt he wat. Man jümmerto röppt he: „Noro, noro, hier is Minschenfleesch!" De Fruu fraagt, wat de dare Sökerie schall, dar is nix, seggt se, he schall man to Bett gahn. Man de Minschenfreter hört dar nich na, he söcht noch dat heele Huus dörch, un as he dar klaar mit is, maakt he uck noch de Achterdör up un will in'e Gaarn. Do seggt de Fruu, he schall doch binnen blieven, se hett dar buten blots de Kalvskopp hängen un de Fööt un dat frische Fell vun dat Kalv, dat is doch nix för em. Man de Minschenfreter geiht rut in'e Gaarn un „Noro, noro, hier is Minschenfleesch!" röppt he, un denn finnt he lütt Broder un lütt Süster in'e holle Boom.

Nu sünd se böös in'e Kniep, un de Ries seggt, he hett woll wusst, dar weer noch en Braa för em. Nu will he se in'e Keller sparrn, un de neegste Dag will he se uphängen, ahn dat dar Bloot spillen deit, un denn will he se upfreten, seggt he. De Kinner blarrn bannig, man de Ries sparrt se in'e Keller. Dar moeten se de Nacht sitten un kriegen vör Angst un Bangen keen Oog to.

De neegste Morrn kümmt de Ries un haalt se rut. Do hett he al twee Sneren ünner dat Hahnholt maakt, dar schoe'n se in uphängt warrn, ahn dat dar Bloot spillen deit. Lütt Süster klarrt toeerst de Lerring to Boehns rup, man as se an'e Sner kümmt, do deit se, as wenn se de Kopp dar nich rinkriegen kann un treckt ümmer mit'e Hänne de Sner to un seggt, se weet nich, wodennig dat geiht, he schall doch man mal rupkamen un se dat wiesen. Do stiggt de Minschenfreter na baven, hollt de Sner ut'neen un leggt dar de Kopp rin un seggt, sodennig moeten se dat maken. As de Minschenfreter nu de Kopp in'e Sner hett, do treckt lütt Broder nedden gau de Lerring weg, un de Minschenfreter hängt ünner de Hahnbalk. So, seggen de Kinner, dar kann he denn man hängen blieven, un woe'n weggahn. Man do ward he nu beden un bedeln, se schoe'n em dar doch nich hängen laten, se schoe'n em doch man wedder losmaken, he will se uck wiss nix doon, un snackt düchtig up se in. Do fragen se em, wat he se denn geven will, wenn se em losmaken. Do seggt de Minschenfreter:

„Min ole Kittelkittelkaar
mit twee Bück darvör,
un soeven Sack Geld achterher."

Do maken de Kinner em los, un de Minschenfreter gifft se sin Kittelkittelkaar mit twee Bück darvör un soeven Sack Geld achterher. Do setten de Kinner sik dar rup un fahren afste', un de Bück lopen so gau, dat duert gar nich lang', do sünd se en ganze Enne wied kamen. Do bemöten se en Mann, de is bi un nehmen up sin Land Kartüffeln up. Se geven em en grote Hand vull Geld un seggen, wenn dar een kümmt und fraagt na sin ole Kittelkittelkaar mit twee Bück darvör un soeven Sack Geld achterher, denn so hett he nix sehn. Un de Mann seggt se to, he will se nich verraden.

Denn kamen se wieder, un do bemöten se en Mann, de is bi un trecken up sin Land Wuddeln ut. Em geven se twee grote Hänne vull Geld un seggen, wenn dar een kümmt un em fraagt na sin Kittelkittelkaar mit twee Bück darvör un soeven Sack Geld achterher, denn so hett he nix sehn. Nee, seggt de Mann, he will se nich verraden.

Denn kamen se wieder, un do bemöten se en Mann, de is bi in sin Gaarn un plöcken Appeln. Em geven se dree grote Hänne vull Geld un seggen to em, wenn dar een kümmt un em fraagt na sin ole Kittelkittelkaar mit twee Bück darvör un soeven Sack Geld achterher, denn so hett he nix sehn. Uck düsse Mann seggt se to, he will nix naseggen, wonem se afbleven sünd.

Man nu hett dat de Ries foorts, as de Kinner weg sünd, do hett em dat leed daan, dat he se sin Kaar mitsammts de Bück un de soeven Sack Geld weggeven hett. Do kümmt he achter se ranrönnt un will sin Kaar wedderhalen. As he na de Mann kümmt, de de Kartüffeln upnehmen deit, do fraagt he em, um he uck hett sin ole Kittelkittelkaar sehn mit twee Bück darvör un soeven Sack Geld achterher. Do seggt de Mann, düt Jahr stahn de Kartüffeln noch billig nugg. Do ward de Ries gresig füünsch un löppt stracks wieder.

As he nu na de Wuddeluttrecker kümmt, do fraagt he de uck, um he uck hett en ole Kittelkittelkaar sehn mit twee Bück darvör un soeven Sack Geld achterher. Do seggt de dare Mann uck, de Wuddeln stahn düt Jahr noch billig nugg. Do ward de Ries noch füünscher un störmt afste', all wat he lopen kann.

Un do kümmt he denn bi de Mann, de de Appeln in sin Gaarn afkriggt, un fraagt em, um he uck hett sin Kittelkittelkaar sehn mit twee Bück darvör un soeven Sack Geld achterher. Do verfehrt de Mann sik so degern vör de Ries, dat he ingesteiht, wonem de Kinner henfahrt sünd. Do jaagt de Ries achter se ran un dat duert nich lang', do hören se dat achter sik snuven un hachpachen. Do seggt lütt Broder to lütt Süster, se schall sik mal umkieken, de Ries is wiss achter se. Lütt Süster kickt sik um un röppt, ja, de Ries is achter se un is uck al heel dicht bi. Nu sünd se jüst up en Barg rupfahrt, un dat ward al Avend. Do fahren se noch de Barg dal un gau rin in en Höhl. So, seggt lütt Broder, dar woe'n se de Nacht blieven un denn de neegste Dag wieder fahren, un de Ries schall se nich finnen.

Nu kümmt de Ries uck rup up'e Barg un kickt sik nochmal um na alle Kanten un kann de Kinner mit de Kaar un de Bück keen Stä' wies warrn. Do stiggt he noch dal vun'e Barg, leggt sik dal un denkt, de neegste Dag ward he se al inhalen, he hett ja vundaag en wiede Weg maakt – un denn slöppt he in. Man nu hett he sik jüst vör de Höhl leggt, 'nem de Kinner mit de Bück in sünd, un sin Rump bedeckt heel un deel de Ingang. Do weeten se sik nich anners to helpen, se maken de Ries, wieldes he slöppt, do maken se em heemlich doot, un he kriggt dar gar nix vun mit. Man nu koenen se de dode Ries nich ut'e Stä' wöltern, un de Kinner kamen böös in'e Kniep, se hebben Hunger un Dörst, un de Bück uck, un se weeten gar nich, wodennig se wedder rutkamen schoe'n ut de dare Höhl.

Man do gifft dat bi Nacht en grote Larm un Flünkenslaan as vun en Vagel Griep, un se marken, de Vagel geiht bi un fritt vun'e Ries. Do warrn se ruhig un töven bet neegste Nacht. Do kümmt de Vagel wedder, maakt en grote Larm un sleit mit'e Flünken un fritt vun de Ries, un de neegste Morrn schemert dar al de Dag dörch. Un denn kümmt de Vagel uck noch in'e drütte Nacht wedder un hackt dat Lock noch grötter, un harr 'n dat nich daan, denn so weern lütt Broder un lütt Süster dar nie nich rutkamen un weern sachs dar in'e Höhl verhungert, un de Bück uck. Man nu is dat Lock so groot, se koenen dar dör, un do fahren se na Huus mit de ole Kittelkittelkaar mit de twee Bück darvör un de soeven Sack Geld achterher, un I koenen ju sachs denken, wat Vadder un Mudder sik freu'n, dat se's leeve Kinner wedder dar sünd.

Peter un Lene

Dar sünd mal twee Kinner we'n, Peter un Lene. De gahn mal to Holts na Ber'n un Blöme. Se gahn un plöcken un gahn un plöcken un kamen ümmer deeper rin in't Holt un warrn dat gar nich wies. Do ward lütt Lene toletzt so bang', dat se vellicht verbiestert sünd, un dar hett se uck recht mit. Je mehr se nu na de rechte Straat söken, je wieder kamen se dar vun af un je deeper kamen se rin in't Holt. Toletzt ward Peter en lütte Licht wies; se gahn dar up to un kamen an en ganz lütte Huus, dat is de Pannkokenkaat, de is deckt mit Pannkoken, un de Wänne sünd upsett vun frische Mettwüst. Do löppt Peter dar ielig hen, denn he hett Smacht, un langt sik en Pannkook dal, man de Pannkook is so hitt, as weer 'n jüst ut'e Pann kamen, do mutt he 'n fallen laten. Man Lene nimmt sik uck een, kehrt 'n en paar Mal mang de Hänne hen un her, un as 'n denn en beten afköhlt is, eten se 'n up. Un so laten se sik de Pannkoken un uck de Mettwüst fein smecken.

Man se sünd knapp ferdig mit Eten, do brickt dar Dunner un Blitz los oever se, een Blitz sleit in de Kaat, un upmal is de to en gresige, düüstere Lock worrn, un Peter un Lene sitten dar in. Se weenen un blarrn, man all se's Weenen un Blarrn helpt se nix, se moeten dar sitten blieven in dat düüstere Lock. Möö' un bedröövt, as se sünd, slapen se toletzt in. As se denn de neegste Moorn waak warrn, steiht dar wat blangen se. Se marken foorts, dat is en Korv, un as Peter 'n upmaakt, do is dar de feinste Braa' in un Wien un Gröönkraam un Aaft, kort seggt, dat allerfeinste Eten is dar in. De Kinner laten sik dat smecken, un bi lütten finnen se sik dar uck mit af, dat se dar insparrt sünd. Wiss, se weern geern rutkamen ut dat Lock, man se finnen doch elkeen Morrn so'n Korv bi sik stahn, ümmer vull mit dat feinste Eten. Sodennig geiht dat en paar Wuchen.

Do gifft dat een Morrn wedder en gresige Gewidder, un as de Kinner waak warrn vun en bannige Dunnerslag, do steiht dar en ole eklige Hex vör se, gluupt se an mit ehr grote Külpen, de brennen as Koehlen, un seggt, nu hebben se sachs nugg eten, nu will se se slachten un upfreten. Do geiht se mit de Kinner rup na de Koek, un Lene schall de Backaben anböten, un Peter schall Water slepen. Man Peter will nich, he wehrt sik. Do tickt de Oolsch em an mit en lütte Stock, un do mutt he stahn as en Pahl; he hett keen Macht gegen ehr un mutt doon, wat se will.

As de Aben denn glöhnig is un dat Water kaakt, do kümmt de Oolsch wedder, kriggt Lene bi de Arm faat un will ehr rinschuven in'e Backaben. Man in de dare Ogenblick wiest sik oever se en Jumfer, smuck as de Dag, in en blaue Kleed un up en sülverne Waag, de ward trocken vun twölf Duven. In'e Hand hett se en Beker mit Water, de gifft se Peter un seggt to em, he schall de Gloot vun'e Backaben utmaken. Peter nimmt de Beker faat, un as he dat Water in'e Aben ringütt, do is de Gloot foorts doot. Denn seggt de Jumfer to de leege Oolsch, wodennig se sik hett ünnerstahn kunnt un vergahn sik an't Water, wat *se* regeern deit, un as se de Oolsch antickt mit ehr Stock, do fallt de um un is doot.

Denn böhrt se de Kinner rin na sik in'e Waag, nimmt de Hex ehr Töverstock mit un fahrt afste', un de Duven trecken ehr. Ünnerwegens vertellt de Jumfer de Kinner, se regeert dat Water, un de ole Hex is för dat Füer tostännig we'n. Man wo se *ehr* Element hett

bruken wullt för un smieten Peter un Lene dar rin
un eten se denn uck up – dat hett se nich hebben
wullt –, darum hett se Macht oever ehr kregen. De
ole Hex sünd se nu quiet, un nu regeert *se* dat Füer
uck. Denn bringt se Peter un Lene wedder na se's
Vadder un Mudder, de hebben ja lang' meent, se's
Kinner sünd doot, un hebben um se truert. Se be-
schenkt se all rieklich mit en Barg smucke un kost-
bare Saken, un do warrn de dare Lüüd oever de Ma-
ten riek. Peter un Lene hebben lang' glücklich levt,
un elkeen Jahr hebben se eenmal de besöcht, de se
so dull hulpen hett: de smucke Jumfer.

Herr Negenkopp

Dar is mal en Mann we'n, de hett dree Soehns hatt un een Dochter. As de Dochter groot is un en smucke, stevige Deern, do seggt se, nu will se ut't Huus un deenen bi anner Lüüd. Se geiht afste' un söcht en Deenst. Se geiht lange Weg', un do kümmt se upletzt an en Barg, un de dare Barg steiht apen. Do geiht se dar rin, un as se binnen is, is dar allens vun Gold, un as se sik en beten umkieken deit, do sitt dar en ole Oma, de fraagt se, um se ehr woll in Deenst nehmen will. Do seggt de ole Oma, ehr Herr Negenkopp is noch nich na Huus kamen, man dat duert nich mehr lang', denn kümmt he, se schall man so lang' dar ünner dat dare Fatt krupen. De Deern krüppt dar ünner un verstickt sik.

Dat duert nich lang', do kümmt de Herr Negenkopp na de Höhl rin un seggt, he rüükt Minschenfleesch, un dat mag we'n, wonem dat will, seggt he, he finnt dat doch. He söcht en beten rum, un denn finnt he de Deern uck foorts. Do seggt Herr Negenkopp, dat is fein, dat se kamen is; so'n smucke Deern hett he sik al lang' wünscht, se schall bi em in'e Höhl blieven un em deenen. Do hett de Deern denn ja en Deenst funnen bi de ole Oma un de Herr Negenkopp un mutt bi se in'e Höhl blieven un sik um'e Huusstand kümmern.

Do hett ehr öllste Broder een Nacht en sware Droom, he dröömt, sin Süster geiht dat gar nich guut. Do seggt he, he will ehr achterna un ehr helpen, wenn he kann. Do fraagt de Vadder, wodennig he ehr denn finnen will. De Jung seggt, he schall em man gahn laten, he will ehr al finnen. He geiht denn ja los, geiht lange Weg' un kümmt vör de Barg, de wedder apen steiht. Do geiht he dar rin, un allens is vun Gold. As sin Süster em wies ward, fraagt se, wonem he doch herkamen deit. Dat ward em dar nich guut gahn, seggt se, ehr Herr Negenkopp kümmt glieks na Huus, un wenn de em dar wies ward, denn geiht em dat leeg. He schall gau dar ünner dat Fatt krupen. He verstickt sik, man as Herr Negenkopp na Huus kümmt, seggt he, he rüükt Minschenfleesch, un dat mag we'n, wonem dat will, seggt he, he finnt dat doch. Un dat duert nich lang', do hett he de Broder ünner dat Fatt funnen. Do meent he, de Jung hett woll Hunger, he schall man herkamen un eten wat, un he sett em Minschenfleesch un Minschenbloot vör. Man de Jung geiht dar nich bi un lett dat allens stahn. Do seggt Herr Negenkopp, wenn he denn nix eten un drinken will, denn schall he man hengahn un klei'n sin ole Oma achter de Kachelaben en beten de Rügg. Do geiht he hen un will ehr de Rügg klei'n, man de ole Oma gifft em en Pedd, un he fallt dal in en düüstere Lock. Dar mutt he nu sitten un hungern.

Do dröömt de tweete Broder, sin Broder un sin Süster sünd dull in'e Kniep. He seggt, he mutt hen un söken se un will se bistahn. Man sin Vadder fraagt, wonem he se denn finnen will; he schall man to Huus blieven, seggt he, anners mag em dat jüst so gahn as se. Man de Soehn seggt, he will se al finnen, un maakt sik up'e Weg un kümmt upletzt na de dare Barg. Do geiht he dar uck rin, un as sin Süster em wies ward, seggt se, wodennig he doch dar henkümmt, dat ward em dar leeg gahn. He schall sik man ünner dat Fatt versteken, denn dat is an'e Tied, dat Herr Negenkopp na Huus kamen deit. Knapp hett de Broder sik verstaken, do kümmt Herr Negenkopp uck al un röppt, he rüükt dar Minschenfleesch, un dat mag we'n, wonem dat will, seggt he, he finnt dat doch. Un he finnt uck de Broder foorts ünner dat Fatt. Do seggt he to em, he hett woll Hunger, un sett em uck Minschenfleesch un Minschenbloot vör. Man de lett dat uck allens stahn un will dar nich bi. Do seggt Herr Negenkopp, wenn he denn nich eten un drinken mag, denn schall he hengahn un klei'n sin Oma achter de Kachelaben en beten de Rügg. Man as he denn hengeiht, do stött se em uck dal in dat düüstere Lock, un do sitten dar nu de beide Bröder in un starven meist vör Smacht.

Nu is dar noch de drütte Broder to Huus, dat is de jüngste, man he hett de mehrste Knoev vun se all, un he heet Dulldüvel. He hett en grote Hund, de heet Muckerpell un is en Hund oever all Hünne un so klook as en Minsch. Dulldüvel seggt to sin Vadder, he will hen un söken sin Bröder un sin Süster, he hett dröömt, dat geiht se leeg. Do seggt de Vadder, ja, wonem he se denn finnen will. Och, seggt Dulldüvel, he ward se al finnen. De Vadder will em gar nich weglaten, he is ja de letzte, man toletzt mutt he dar doch „Ja" to seggen. Man wat he denn mitnehmen will, fraagt he, so alleen ward em dat nich guut gahn. Dulldüvel seggt, he will sin Hund Muckerpell mitnehmen, anners nix. Denn geiht he ut't Huus, röppt Muckerpell ran, un Muckerpell löppt achter em her.

He kümmt denn uck an'e Barg, de wedder apen steiht, un as he dar ringeiht, seggt sin Süster, wodennig he dar denn henkümmt, dat ward em dar jüst so gahn as sin Bröder. He schall man dar ünner dat Fatt krupen, dat is an de Tied, dat Herr Negenkopp kümmt. Man Dulldüvel seggt, he will den Deuvel

doon un ünner dat Fatt krupen, ehr Herr Negenkopp
schall man driest kamen. Un he sett sik ganz geru-
hig an'e Disch, un Muckerpell liggt blangen em. Do
kümmt Herr Negenkopp na Huus, un as he Dull-
düvel dar sitten süht, fraagt he em, um he uck hett
Hunger kregen vun'e Reis, un sett em uck Minschen-
fleesch un Minschenbloot vör. Do seggt Dulldüvel,
dat is nix för em, dat schall Muckerpell man upfre-
ten, un Muckerpell kümmt hooch un vertehrt allens.
Do seggt Herr Negenkopp to Dulldüvel, wenn he
nich eten un drinken mag, denn schall he man hen-
gahn un klei'n sin ole Oma achter de Kachelaben de
Rügg. Dulldüvel seggt to Muckerpell, he hett freten
un sapen, nu schall he uck hengahn un klei'n de ole
Oma achter de Kachelaben de Rügg. Do geiht de
Hund hen, springt to un ritt de ole Oma in een Ruff
de Rügg weg, do is se doot.

Denn seggt Dulldüvel to Muckerpell, he hett freten
un sapen, he hett de ole Oma achter de Kachelaben
de Rügg kleit, nu schall he hengahn un sik uck mit
Herr Negenkopp hau'n. Do springt de Hund to un
ritt Herr Negenkopp in een Ruff acht Köppe af.
Dulldüvel seggt to sin Hund: „Stopp, Muckerpell!" Do
hollt de Hund up, un Dulldüvel seggt to Herr Negen-
kopp, sühso, nu hett he uck man noch een Kopp, jüst
so as he sülven. Denn röppt he wedder sin Hund un
seggt: „Muckerpell!" Do ritt de Hund Herr Negen-
kopp uck noch de letzte Kopp dal. Nu seggt Dull-
düvel to Muckerpell, he hett freten un sapen, he hett
de ole Oma achter de Kachelaben de Rügg kleit, he
hett sik mit Herr Negenkopp haut, nu schall he em
uck sin Bröder söken. Do geiht Muckerpell hen un
söcht, un dat duert keen Viddelstunn, do hett he de

beide Bröder ut dat Lock rutkregen, man se sünd heel kloeterig un verhungert.

Do fraagt Dulldüvel sin Süster, um se dar gar nix anners to eten hett as Minschenfleesch un Minschenbloot. Doch, seggt de Süster, se sülven hebben dar keen Minschenfleesch un keen Minschenbloot eten, dat hebben blots all de kregen, de dar henkamen sünd. Denn schall se man wat anners herbringen, seggt Dulldüvel, un do haalt de Süster denn wat to eten, dat Feinste, wat een sik denken kann, un as de Bröder dar en beten vun to sik nahmen hebben, geiht se dat uck bald wedder beter. Denn seggt Dulldüvel to sin Hund, he hett freten un sapen, he hett de ole Oma achter de Kachelaben de Rügg kleit, he hett sik mit Herr Negenkopp haut, he hett em sin Bröder söcht, nu schall he em uck ut de dare Barg ruthelpen. Un de neegste Middag, as de Barg wedder sik updeit, do bringt de Hund se all rut.

Do seggt Dulldüvel to sin Süster un to sin Bröder, se schoe'n nu man na Huus gahn, he sülven will dar blieven. Un se schoe'n to se's Vadder seggen, he schall so vel Wagens updrieven un dar henschicken, as he man kriegen kann, denn de dare Barg is vun idel Gold. Un do gahn se na Huus, seggen dat to se's Vadder, un de drifft so vel Wagens up, as he man kriegen kann, un se fahren Dag un Nacht dat Gold vun'e Barg na Huus, denn dat is nu se's Barg, un se hebben 'n erlöst. Do sünd se sodennig denn de riekste Lüüd in'e heele Welt worrn, un dat is denn ja uck keen Wunner.

Rinroth

Dar is mal en Mann we'n, de hett een Soehn hatt, un de seggt mal to sin Vadder, he will in'e Welt gahn un sik jichens en Stä' en Deenst söken, dat he sin Glück maakt. De Vadder gifft em Verlööv, un de Jung treckt afste'. Nich lang', do kümmt he in en grote Holt togang'. He is dar al lange Tied in rumwannert, do sett he sik mal dal ünner en grote Boom, he will sik en beten verpuusten un sin Fröhstück vertehren.

As he dar nu so sitten deit, kamen dar dree Lüüd up em to, de hebben tosamen man een Oog, un de dat Oog hett, de mutt denn för de anner beiden mit kieken un se stüern. Do verfehrt de Jung sik sodennig vör se, dat he gau up'e Boom rupklarrt. Man de dree kamen ran un setten sik dal ünner de Boom, jüst dar, 'nem de Jung seten hett. Do fraagt de eene de anner, wat dar ümmer sodennig in'e Boom russeln deit. De tweete seggt, he hört dar uck ümmer wat, se schullen man mal nakieken, wat dar baven is in'e Boom. Do klarrt de, de dat Oog hett, as eerste rup in'e Boom, kickt sik um un seggt, he kann nix sehn. Do klarrt de tweete uck rup, de eerste langt em dat Oog hen, he kickt sik um un seggt, he süht uck nix. Do kümmt de drütte uck noch rup, man as de anner em dat Oog henlangen will, grappst de Jung em dat ut'e Hand weg, do koenen se nich mehr kieken.

Do leggen se sik up't Bidden, un de eene seggt, wenn he se se's Oog weddergifft, denn so will he em en Sproek lehrn, wenn he de seggen deit, denn kann em keeneen en Be' afslaan. Un de tweete seggt, he will em en Schipp geven, dat seilt to Water un up't Land, un wenn he dat ut'e Tasch kriggt, denn so kann he sik dar allerwegens mit henwünschen. Un de drütte seggt, vun em kriggt he en Stock, de he darmit anticken deit, de mutt foorts dootblieven. Un dat schall he allens foorts hebben, wenn he se man se's Oog weddergifft. Dat will de Jung denn uck geern doon, he gifft se dat Oog wedder, un de dree Lüüd geven em de dree Kunststücken; de eene lehrt em de Sproek, dat em keeneen en Be' afslaan kann, de anner gifft em dat Schipp, dat to Water un up't Land seilt, un de drütte gifft em de Stock, de elkeen dootmaakt, de he darmit anticken deit.

Denn geiht de Jung wieder un kümmt upletzt na de König sin Hoff. Dar geiht he hen na de Kock in'e Koek un seggt, he schall em doch as Koekenjung annehmen. Nee, seggt de Kock, se hebben al en Koekenjung. Do seggt he blots sin Sproek her, un foorts nehmen se em in Deenst.

Nu is dar en ole Ries, de hett twee grote Jungs. Do kümmt een Dag de Ries sin öllste Soehn na de König un seggt, he schall em sin Dochter to Fruu geven, anners will he em sin heele Königriek toschannen maken. De König röppt all sin Ministers tohopen un fraagt se, wat darbi to maken is un um dar nich een is, de dat mit'e Ries upnehmen will. Do is dar een, de heet Rinroth[1], de seggt, he will sik woll mit de Ries hau'n, wenn de König em sin Dochter to Fruu geven will. Dat seggt de König em to, un Rinroth maakt sik klaar för un gahn up'e Ries los. As de Koekenjung dar Wind vun kriggt, seggt he to sin Kock, um he dar nich mal hen schall, he will sik dat geern allens mit ankieken. Do seggt de Kock, he dörv dar woll hen, man denn schall he se achterher uck Bescheed brin-

---

[1] Vermutlich entstellt aus „Ridder Rød", der in vielen skandinavischen Märchen die gleiche Rolle spielt.

gen, wodennig dat aflapen is. Dat seggt de Koeken-
jung to, kriggt sin Schipp ut'e Tasch un seilt oever
Water un Land liek to, bet he na de Ries kümmt. Do
fraagt de Ries em, um he dat is, de de König sin
Dochter erlösen will. Ja, seggt de Jung. Do rönnt de
Ries up em los un will em doothau'n, man de Jung
springt flink bisiet un sleit mit sin Stock na de Ries,
do fallt de foorts um un is doot. Denn geiht he hen,
kriggt sin Mess ut'e Tasch un snitt de Ries de Tung
rut. Darna sett he sik wedder in sin Schipp, fahrt na
Huus un seggt, dat deit em leed, man he hett nix to
sehn kregen.

As Rinroth denn henkümmt na de Ries, do liggt de ja
al doot dar, un do haut he em de Kopp af un nimmt
'n in sin Kutsch mit na de König un vertellt, he hett
de Ries doothaut, un de König schall em nu man sin
Dochter geven. Man do kümmt uck al glieks de Ries
sin anner Soehn un seggt to de König, se hebben em
sin Broder doothaut, nu schall he em sin Dochter
geven un dat halve Königriek darto, anners will he
dat heel un deel toschannen maken. Do denkt Rin-
roth, een Kopp hett he ja al, denn kriggt he de anner
uck sachs. Un he seggt to de König, he schall man
ganz ruhig we'n, he will al klaar warrn mit de Ries,
wenn he em man sin Dochter un dat halve Königriek
verspreken will. Dat seggt de König em geern to. Do
fraagt de Koekenjung de Kock, um he man wedder
mal dar hen schall un kieken sik allens mit an. Nee,
seggt de Kock, he hett ja vun't eerste Mal keen Be-
scheed bröcht. Do seggt de Koekenjung sin Sproek
her, un foorts gifft de Kock em Verlööv. Buten vör't
Slott langt he denn sin Schipp ut'e Tasch, sett sik
dar rin un fahrt oever Water un Land roever na de
Ries. Do fraagt de Ries em, um he dat is, de de König

sin Dochter un dat halve Königriek erlösen will. Ja, seggt de Koekenjung. Denn schall he foorts dar up'e Stä' doot, röppt de Ries un haut to mit sin Küül. Man de Jung springt gau bisiet un tickt em an mit sin Stock, do fallt de Ries um un is doot. Denn kriggt de Jung sin Mess ut'e Tasch un snitt em de Tung ut'e Hals. Un as he na Huus kümmt, seggt he wedder to de Kock, he hett dar nix vun sehn un hört, dat is sachs allens al vörbi we'n.

Denn will Rinroth uck hen un hau'n sik mit de Ries, man de liggt wedder dar un is al doot. Do haut he em de Kopp af un nimmt 'n in'e Kutsch mit na Huus un seggt, he hett dat daan, un de König schall em nu sin Dochter geven un dat halve Königriek upto. Man do kümmt de ole Ries dar an un seggt, sin beide Soehns sünd doot, de König schall em sin Dochter geven un dat heele Königriek darto, anners will he em dat heel un deel toschannen maken. Rinroth denkt un seggt to de König, he hett al twee Riesen an'e Kant bröcht, de König schall em man hen laten, wenn he em denn achterher sin Dochter un sin Königriek geven will. Wat schall de König maken? He seggt em dat to. Do fraagt de Koekenjung wedder de Kock um Verlööv, man de seggt nee, he schall dar nich hen, he hett se vun de beide eerste Malen ja keen Bescheed bröcht. Do seggt de Jung wedder sin Sproek, un de Kock seggt, ja, denn kann he dütmal noch gahn, man wenn he wedder keen Bescheed bringt, denn kümmt he nich wedder weg.

As de Jung nu rutkümmt, sett he sik wedder in sin Schipp un fahrt to Land un to Water liek to na de Ries. Do fraagt de Ries em, um he dat is, de sin beide Jungs doothaut hett un de Prinzessin un dat heele Königriek erlösen will. Ja, seggt de Jung. Denn schall he nu uck keeneen mehr dootmaken, seggt de Ries. Dat woe'n se mal sehn, seggt de Jung, dar woe'n se sik eerst noch um hau'n. Do will de Ries tohau'n, man de Jung springt bisiet un sleit de Ries doot mit sin Stock, un denn kriggt he sin Mess rut un snitt em de Tung ut'e Hals. Man to Huus vertellt he wedder, he hett nix sehn un nix hört.

As Rinroth dar denn henkümmt, haut he wedder de dode Ries de Kopp af un bringt 'n na de König un seggt, he hett nu all dree Riesen dootmaakt, darum schall de König em uck foorts sin Dochter geven un dat heele Königriek upto. Do ward de ole König heel trurig un nadenkern un seggt, se woe'n sik man de Köppe eerstmal en beten neeger ankieken. Un as de König un sin Ministers nu de Köppe bekieken, do stellen se fast, se fehlen all de Tungen. Dat is doch gediegen, seggt de König, dat dar keen Tungen in sünd, elkeen Minsch hett doch woll en Tung; wonem de denn afbleven sünd. Rinroth seggt, de Riesen hebben keen Tungen hatt. Do seggen de Ministers to de König, se hebben hört, bi sin Kock is en Jung, de is elkeen Mal hen we'n un kieken to. He schall de Jung doch mal ropen laten.

Do schickt de König dal na de Koek, un de Kock seggt to de Jung, se moeten em man eerst mal en beten anners antrecken, he schall vör de König kamen. Do treckt de Kock em eerst en beten anners an; denn stickt de Jung de Riesen se's Tungen in'e Tasch un geiht hen na de König. Do fraagt de König em, um he dar nich wat vun sehn hett, dat de dree Riesen sünd dootmaakt worrn. Ja, seggt he, dat hett he mit sin eegne Ogen sehn. Um Rinroth se denn de Köppe afhaut hett, will de König weeten. Ja, seggt he, dat hett he, man dootmaakt hett he de Riesen

nich. Wokeen dat denn daan hett, fraagt de König.
Dat hett *he* daan un keen anner, seggt de Jung. Do
will Rinroth em to Kleed un em dootmaken, man de
Jung smitt de Tungen up'e Disch un seggt, se schoe'n
man mal nakieken, um de dare Tungen nich passen.
Un de Tungen passen all. Do seggen all de Ministers,
denn mutt he ja uck de Riesen doothaut hebben, un
de König seggt, denn schall he uck sin Swiegersoehn
warrn un sin heele Königriek kriegen. Man Rinroth,
de schoe'n se uphängen an'e Galgen. Un sodennig
passeert dat denn uck, un denn gifft dat en lustige
Hochtied, un de Koekenjung heiraad't de König sin
Dochter un ward König, un

> soeven Johr un eenen Dag
> fiern se dat Bruutgelag;
> do kreeg ik een paar glasen Schoh,
> dar danz ik up na Huus hento;
> do stött' ik an en Steen:
> Kling! sä'n mien Schoh un gungen vuneen.

De König vun Spanien un sin Fruu

De ole König vun Spanien, de hett soeven Soehns hatt. Nu is he mal krank we'n, do hett sin öllste Soehn em wat vertellt. Do seggt de König, dat hett he ja man ut de Böker les't, dat hett he nich sülven belevt. Dat argert de Soehn, un so spickeleert he bi Dag un bi Nacht, wodennig he sik sülven in'e Welt wat versöken kann. Do lett he sik en Schipp buun un will to See fahren. Man as he dar klaar mit is un afseilen will, do blifft de ole König doot. Do lett he em inkulen un ward denn sülven König. Man nu mutt he ja uck en Fruu hebben, un de he nimmt, dat is en heel kloke Fruunsminsch un kann mehr as Broot eten. De Morrn na de Hochtied, as he blangen ehr ut't Bett kümmt, do schenkt se em en Hemd, dat is ümmer witt, man wenn se dootblifft, seggt se, denn ward dat swatt, un hett se sik nich so, as sik dat för en Fruu hört, denn so ward dat ganz plackig.

Dat lett de König nu gar keen Ruh, he will sik wat versöken in'e Welt. Do geiht he up sin Schipp un fahrt to See. Man dat gifft en grote Storm, un de versleit dat Schipp wied rum bet heel na de Törkei, dar sett de Törk em fast. De Soldan ward heel vergnöögt, as he hört, dat is de König vun Spanien. He schickt foorts sin Minister hen na Spanien mit en Schipp, dat schall de Königin uck noch halen, he will ehr to Fruu hebben. Man de Königin lett em bestellen, se mutt ehr König truu blieven, se kann sik nich verheiraden, solang' as se nich weet, wonem ehr König afbleven is un um he noch is lebennig oder al doot. Do mutt de Minister wedder t'rügg na sin Schipp. Man de Königin weet nu ja gar nich, wonem ehr Mann afbleven is, dat hett se nich to weeten kregen.

Se maakt sik denn up'e Padd un will em söken, un do kümmt se in en grote Holt togang', dar bemött se en Eremit. Em fraagt se, um he nich weet, wonem ehr Mann is, se will henreisen un söken em. Do seggt de Eremit, se hett ja noch ehr feine Tüüg an, dar kann se doch nich mit reisen, dat schall se man uttrecken un darför sin Tüüg antrecken. Dat deit se denn. Un denn wiest de Eremit ehr dör't Holt; se kümmt denn an'e grote See, seggt he, dar finnt se en Schipp, dar schall se man mitfahren. As de Königin denn na dat Schipp kümmt, do is dar en vörnehme Mann up, de kennt *ehr* nich, man se kennt *em* foorts, dat is de törksche Soldan sin Minister, de ehr hett halen schullt. Se fraagt de Minister, um se nich kann mitfahren na de Törkei, se kann fein Musik spelen un darto singen. Do nimmt de Minister ehr geern mit.

De Minister seilt nu mit ehr na de Törkei, un as he vör de Soldan kümmt, seggt he, de Königin vun Spanien hebben se nich mitbringen kunnt, man se hebben en spaansche Eremit mitbröcht, de kann so fein singen. Do seggt de Soldan, denn schoe'n se de Königin vun Spanien man blieven laten, 'nem se is. Man de Eremit schoe'n se mal vör em spelen laten, un darför schall de Minister denn ümmer mit se beide to Middag eten. As de Soldan nu hett de Eremit singen hört, do seggt he wedder to sin Minister, de dare Eremit lett he nich wedder weg, de gefallt em to guut, de mutt de Minister em laten, he schall dar uck en Tunn Gold för hebben. Un denn lett de Soldan för de Eremit uck en Instrument halen, 'nem he up spelen schall. He röppt de fastsette König vun Spanien rin un seggt, de schall de Eremit sin Footschemel we'n. Do mutt de König sik up'e Del leggen, un sin Fruu sett em ehr Fööt in'e Nack; man he kennt ehr nich. Un sodennig geiht dat nu elkeen Mal, wenn de Eremit vör de Soldan upspelen mutt.

De Eremit singt un spelt nu elkeen Dag vör de Soldan, un de mag em ümmer leever lieden. He mutt uck elkeen Dag mit de Soldan in de sin Rosengaarn spazeern gahn. Do fraagt he mal de Soldan, um he dörv sik de dare smucke Roos ut sin Gaarn afplöcken. Ja, geern, seggt de Soldan, he kann man blots seggen, wat he hebben will, he schall allens kriegen. Do seggt de Eremit, denn will he geern de König vun Spanien hebben, de will he geern wedder na sin Land bringen. Dar is de Soldan mit inverstahn, man eerst mutt de Eremit em swören, dat he wedderkamen will, wenn he de König vun Spanien hett na sin Land bröcht. Nu bringt de Eremit de König vun Spanien wedder na sin Land, un denn will he foorts wedder afste'. Do seggt de König vun Spanien, he lett em nich wedder weg na de Törkei, he mutt bi em blieven, he will em nich missen. De König will em afsluts nich weglaten, un do mutt de Eremit darblieven.

As nu de Minister na de König kümmt, do fraagt de em, wonem denn de Königin is. De Minister seggt, de hett sik leeg upföhrt, se is mit ehr Kutscher utneiht. Do seggt de König, dat mutt em denn doch wunnern, denn dat Hemd is noch heel witt, wat sin Fruu em geven hett, as he ehr heiraad't hett. Dar weet he nix vun, seggt de Minister, man weglapen is se, un keeneen weet, wonem se afbleven is. Do ward de König heel trurig. Nu hett de Minister sik utklamüstert, de König schall sin Dochter wedder to sin Fruu nehmen, un de König hett dar uck nix gegen. Bi Disch sitt de Minister sin Dochter denn blangen em, un he fichelt un smuust mit ehr. Man denn ward he doch ümmer foorts wedder heel trurig un ward süüfzen um sin Fruu. Nu mutt de Eremit dar ja ümmer bi we'n un singen, wenn de König un de Minister to Disch sitten. Do seggt de König to em, he schall em en schöne Stück singen un em trösten mit sin feine klare Stimm. Un do singt de Eremit:

> „Och, wat mutt ik so bedröövt
> gahn ut düssen Gaarn
> un, wat ik so dull heff leev,
> in frömde Arms gewahren."

Do seggt de König, de Eremit weet sachs wat vun sin Fruu. Man de Eremit seggt, de Minister hett ja seggt, se is weglapen. Ja, dat seggt he woll, meent de König, man sin Hemd is doch noch heel witt. Do geiht de König mit de Eremit in en anner Kamer un fraagt em liekto, wenn he wat weet vun sin Fruu, denn so schall he em dat doch seggen. Ja, seggt de Eremit, weeten deit he wat, man wenn he em dat uck seggen wull, denn so gloovt he em dat ja doch nich. He hett em ut'e Törkei haalt, seggt he, un *he* is all Daag sin Footschemel we'n, un he is so lang' bi em we'n, un *he* hett em nich kennt, he hett gloovt, wat de Minister em vörtüünt hett. Do kickt de König de Eremit mal so recht an, un do ward he wies, dat is ja sin Fruu. Do ward he nu aver falsch up'e Minister. He lett tostellen to en grote Gastbott, un de Minister un sin Statthollers warrn darto inladen. Un as se all tohopen sünd, do fraagt he, wat de verdeent hett, de en anner achter sin Rügg wat Leeges naseggen deit. Do seggt de Eerste Minister, de hett verdeent, dat em de Tung ut'e Hals reten ward. Do kümmt de Königin rin in ehr feine Tüüg, un de König seggt, dar steiht se, de he slechtmaakt hett. Un denn lett he de Schinner kamen un de Minister de Tung ut'e Hals rieten, so as de dat sülven seggt hett.

De dree utlehrte Königssoehns

Dar is mal en König we'n, de hett dree Soehns hatt, un de hebben uck wat lehrn schullt. Do gifft de Vadder de öllste Soehn hunnert Daler in'e Tasch un seggt, nu schall he man losgahn un versöken sin Glück. De Prinz geiht up'e Reis, do bemött he en ole Hex, de fraagt em, wonem he hen will. He will in'e Welt, seggt he, un wat Ornliches lehrn. Denn so kann he man mit ehr kamen, seggt de Hex, se will em al wat bibringen, wenn he ehr een Jahr lang deenen will. Do geiht de Prinz denn mit ehr, deent ehr een Jahr lang un mutt arbeiten as en Perd. Un as dat Jahr um is, seggt he, he meent, se wull em wat lehrn. Do seggt de ole Hex, se will em nu en Sproek geven, de helpt em ut elkeen Kniep. Wenn he seggt: „Wi Bröder all dree", denn so kann em nix ankamen. Dat is en gude Sproek, denkt de Prinz, seggt de Hex velen Dank un reist vergnöögt na Huus.

As de König nu hört, wat sin Soehn för'n feine Sproek lehrt hett, do gifft he sin tweete Soehn uck hunnert Daler in'e Tasch un seggt, nu schall he man uck gahn un versöken sin Glück. De Soehn maakt sik up'e Padd un bemött uck de ole Hex. Wonem he up dal will, fraagt se em. He will in'e Welt, seggt he, un wat Ornliches lehrn. Do nimmt de ole Hex em uck mit, he deent ehr een Jahr un mutt arbeiten as en Perd. Un as dat Jahr rum is, do seggt he, he meent, he schull wat Rechtes lehrn. Do seggt de ole Hex, se will em uck en Sproek geven, de helpt em ut elkeen Kniep. He schall man ümmer seggen: „Um en beten Kees", denn passeert em nix. Do reist de Soehn vergnöögt na Huus un vertellt, wat he för'n Sproek kregen hett.

Do schickt de König denn uck sin drütte Soehn afste' un gifft em hunnert Daler in'e Tasch. Un as he de ole Hex bemöten deit un se fraagt em, wonem he up dal will, do seggt he, he will in'e Welt un wat Ornliches lehrn. Do nimmt de ole Hex em uck mit, he mutt arbeiten as en Peerd, een Jahr lang, un as dat Jahr rum is, seggt he, he meent, he schull recht wat lehrn. Do gifft de ole Hex em uck en Sproek un seggt, wenn he in'e Kniep is, denn schall he man ümmer seggen: „Un dat is nix as Recht."

Man nu blifft de jüngste Broder to lang' weg, un do maken de beide anner Bröder sik up'e Padd un woe'n em söken. Un as se em funnen hebben, do seggen se, se sünd doch nu all dree so klook, se moeten sik nu doch noch en beten mehr umkieken in'e Welt. Do gahn se up Wannerschopp, un nich lang', do kamen se in en Holt togang'. Do bummelt dar an een vun de Böme en Mann, de hett sik uphängt un is doot. De Bröder blieven stahn un kieken em noch an, do kümmt de König vun dat dare Land mit sin Lüüd dar anreden, de is jüst up'e Jagd. Un as he de Dode dar hängen süht, un de Bröder stahn dar ünner, do fraagt he, wokeen dat daan hett. Do kamen de dree böös in'e Kniep un weeten sik nich to helpen, man de Öllste fallt sin Sproek bi, un he seggt: „Wi Bröder all dree." Un warum se dat denn daan hebben, fraagt de König wieder. Do fallt de Tweete sin Sproek in, un he seggt: „Um en beten Kees." Verdori, seggt de König, denn so moeten se ja all dree uphängt warrn. Do seggt de Drütte in sin Noot: „Un dat is nix as Recht." Stimmt, seggt de König, dat is nix as Recht. Un do lett he de Bröder all dree foorts an de dare Boom hängen um en beten Kees, so as dat nix as Recht is.

Vadder Strohwisch

Dar is mal en ole Fruunsminsch we'n, de hett keen Mann hatt, man se harr to un to geern een hatt. Do seggt se, de eerste Klapp Stroh, de vun'e Boehn fallt, de schall ehr Mann we'n. Nich lang', do fallt dar richtig en Klapp Stroh vun'e Boehn, un do hett se en Mann. De Oolsch hett en Barg Wull. Do seggt se to ehr Mann, he schall mit de Wull to Markt. Fraagt de Mann, wat he dar denn för nehmen schall. Wat de Markt geven deit, seggt de Oolsch. Do geiht Vadder Strohwisch denn to Markt mit de Wull in sin Sack. Do kamen dar dree Bröder hen na em un fragen, wat he dar in sin Sack hett. Wull hett he dar in, seggt he. Wat he dar denn för hebben will? Wat de Markt gifft. De Markt gifft dree Swaartvull, seggen se. Tjä, seggt Vadder Strohwisch, wenn he denn nich mehr för sin Wull kriegen kann, denn mutt he dar ja mit tofreden we'n. Do gifft elk vun de dree Bröder em en Swaartvull. As Vadder Strohwisch na Huus kümmt, fraagt sin Fruu em, wat he för de Wull kregen hett. Dree Swaartvull hett he darför kregen. O, seggt se, do hebben se em anscheten. Maakt nix, seggt he, he kann se wedder anschieten.

Vadder Strohwisch geiht to Holts, grippt sik en Wulf un geiht mit de Wulf to Markt. Kamen de dree Bröder wedder an un fragen, wat he dar hett. He hett dar en feine grote Buck, seggt he, man blots, de hett sik de Hoorns afstött. Wat he dar denn för hebben will? För sin Buck, seggt he, mutt he tein Daler hebben. Do geven de Bröder em tein Daler, dat dücht se nich to vel. Man blots se strieden sik, wokeen de Buck toeerst bi sin Schaap setten schall. Vadder Strohwisch seggt, de Öllste mutt 'n toeerst hebben. Do nimmt de Öllste 'n toeerst un lett 'n to Avend na sin Schaap, man de neegste Morrn sünd sin Schaap all doot. Do sett de Tweete 'n to Avend bi sin Schaap, man em geiht dat jüst so, un de drütte Broder geiht dat uck nich anners. Do warrn de dree Bröder gresig vergrellt un maken af, se woe'n Vadder Strohwisch doothau'n, um dat he se sodennig anscheten hett.

Man Vadder Strohwisch kriggt dar fröh nugg Wind vun, wat se vörhebben. Do treckt he sin beste Perd ut'e Stall, binnt 'n an in'e Lo[1], stickt 'n en Twölfschillingstück achtern rin un spreed't dar feine Bettdöker ünner ut. Morrns kamen de dree Bröder un sehn dat Perd up'e Bettdöker stahn, un Vadder Strohwisch kleit mang de Perdeappeln. Do fragen se, wat he dar söken deit. He sammelt sik dar sin Twölfschillingstück rut, seggt he, elkeen Morrn hett sin Perd een achter sik. Do seggen de Bröder, dat Perd steiht *se* an, un fragen, wat dat kosten schall. Ja, seggt Vadder Strohwisch, ünner hunnert Daler kann he se dat nich laten. Do kopen de Bröder em dat Perd foorts af. Un de öllste nimmt dat toeerst mit na Huus un leggt dar feine Bettdöker ünner, un de neegste Morrn löppt he vergnöögt hen un will dat Geld halen, man he finnt nix as Perdeschiet, un sin Betttüüg is verrungeneert. Do seggt he to sin Bröder, Vadder Strohwisch hett se wedder ancheten. Man de Bröder seggen, he hett man keen Glück, he schall *se* dat man mal versöken laten. Do nehmen se denn dat Perd, eerst de Tweete, denn de Drütte, un elk vun se spreed't dar dat Betttüüg ünner un meent, dat Perd schall em Geld bringen, man dat Perd bringt keen Geld, dat maakt blots dat Betttüüg schietig. Do warrn de Bröder noch duller vergrellt un seggen, nu

---

[1] Lo = Diele, Dreschtenne (dän. lo)

woe'n se em ganz gewiss doothau'n, un se nehmen Döschfloegeln un Heuforken in'e Hand, un denn ja hen na dat Huus, 'nem Vadder Strohwisch wahnen deit.

De hett jüst sin Swien slacht't un is bi un stoppen Wust. As he nu süht, de Bröder kamen an, do hängt he sin Fruu en frische Blootwust um'e Hals un maakt gau allens mit ehr af. As de Bröder denn rinkamen, röppt he, se schall gau Stöhle henstellen un Piepen rinbringen, sin Kooplüüd sünd dar. Man dat will de Oolsch nich. Do springt Vadder Strohwisch mit sin Mess ran na ehr un seggt: „Ik snie' di de Hals af, wenn du nich na mi hören wullt." Un do snitt he ehr de Wust twei, dat dat Bloot dar man so rutlöppt. Do fallt de Fruu um, as wenn se doot is, man Vadder Strohwisch kriggt en lütte Fleut ut'e Tasch un fleutet dreemal ganz luut, do steiht de Fruu wedder up, stellt Stöhle hen un haalt Piepen. Do fragen de Bröder, wodennig he dat maken deit. Och, antert Vadder Strohwisch, he hett dar so'n lütte Fleut, wenn sin Fruu nich hören will, denn ritt he ehr de Kehl rut; man wenn he up sin Fleut fleuten deit, denn ward se wedder lebennig un deit allens, wat he will. De dare Fleut mutt he se verkopen, seggen de Bröder, se's Fruuns doon uck ümmer nich, wat se schoe'n. Wat de Fleut denn kosten schall. Hunnert Daler moeten se em al geven, seggt he, un de geven de Bröder em geern.

As de Öllste nu na Huus kümmt, will he dat dar foorts mit versöken. Se schall em de Stevelknecht halen, seggt he to sin Fruu. De hett he sik doch all sin Daag sülven haalt, seggt se, warum se dat denn nu doon schall. Do kümmt he foorts in'e Beens un ritt ehr de Kehl rut, un denn geiht he bi un fleutet un fleutet de heele Nacht dörch, man dar is keen Leven wedder rintokriegen in sin Fruu. Denn versöcht dat uck de Tweete un denn uck de Drütte un snieden se's Fruuns de Kehl dörch, man in't Leven fleuten koenen se se all beid nich. Do gahn de Bröder dat drütte Mal hen na Vadder Strohwisch un woe'n em nu wiss un warraftig doothau'n. As se in't Huus kamen, fragen se de Fruu, wonem se ehr Mann hett. Och, seggt se, de hett sik upbummelt. Wonem denn, woe'n se weeten. Ja, buten in'e Gaarn. Do lopen de Bröder rut in'e Gaarn un denken, Vadder Strohwisch will se wedder anschieten, man do sehn se dar in een vun de Böme en Klapp Stroh hängen mit Tüüg an, un de spaddelt dar ganz gresig rum. Do verfehrn se sik un kriegen dat Lopen, dat se man wegkamen, un sörre de Tied schoe'n se ümmer noch wedderkamen.

De rieke Buern

In en Dörp hebben mal en Barg rieke un grote Buern
wahnt, un dar is man een eenzige Arme mang se
we'n, de hett man en ganz lütte, kümmerliche Buer-
stä' hatt, un dar hett he up levt mit sin ole Oma. De
rieke Buern hebben geern se's Spijöök mit em dre-
ven, se hebben em se's Dummhans in't Dörp nöömt,
man he is doch plietscher we'n as se all tohopen. Nu
hett Dummhans en swatte Koh hatt, de is wild we'n,
is faken oever't Rickwark hoppt un in sin Naver sin
Koorn lapen un hett dat all dalpedd't.

Upletzt langt de Naver dat, un he seggt, wenn he dat
noch eenmal wies ward, denn so schütt he em de Koh
doot. Man de Koh lett sik nich holen. De neegste Dag
is 'n weder in't Koorn; do löppt de Buer hen un
schütt 'n doot, un Dummhans mutt dat lieden. He
treckt 'n dat Fell af un geiht dar to Markt mit, un as
he 'n verköfft hett, geiht he to Kroogs un sitt dar bet
in'e Nacht un lett sik dat guut gahn.

Man de dat Fell köfft hett, dat is en Spitzboov. De
hängt sik dat Fell um, dat em de Hoorns vör de Kopp
stahn, un geiht to Nacht hen na de Kröger; de hett
ümmer mit dubbelte Kried anschreven un de Gäst
anscheten, un sodennig is he en rieke Mann worrn.
Do seggt de Spitzboov, he schall em foorts sin Geld
geven, anners dreiht he em de Hals um, denn he
kann ja sachs sehn, wokeen he is. De Kröger verfehrt
sik bannig vör de gresige swatte Gestalt mit de Ho-
orns, he meent, dat is de Düvel, un gifft allens rut,
wat he hett. Man as de Spitzboov weg is, besinnt he
sik un sleit Larm un lett de Spitzboov achterna set-
ten. De löppt weg, so gau as he man kann, man all
dat Geld maakt em dat Lopen swaar. Do haalt he de

Buer in, 'nem he dat Fell vun köfft hett, de is nu up'e Weg na Huus. Do seggt he to em, wenn he em sin Geld en Tiedlang drägen un em nich verraden will, denn schall he dat Halve afhebben. Do nimmt Dummhans em dat Geld af, un de Spitzboov löppt wieder.

Nich lang', un de Lüüd, de achter em ran sünd, kamen un fragen Hans, um he uck hett en Spitzboov sehn. Nee, seggt he, en Spitzboov hett he nich sehn, man de Düvel is dar jüst langsuust un hett seggt, he dreiht elkeen de Hals um, de achter em ran kümmt. Do denken de Lüüd, dat is sachs beter un dreihn bi, man Dummhans geiht geruhig na Huus mit dat Geld. De neegste Morrn kümmt de Spitzboov, un se woe'n deelen. Do schickt Dummhans na sin Naver un lett em beden um en Kannenmaat, he will dar blots sin Geld in afmeten. Do ward de Naver lachen un seggt, Dummhans will sachs Kartüffeln afmeten, aver he gifft em dat Kannenmaat. Man as Dummhans dat wedder t'rüggschickt un de Buer kickt na, do ward he in'e Ritzen warraftig noch en paar Veerschillingstücken wies.

Do löppt he hen na de anner Buern un vertellt se, Dummhans is mitmal so riek worrn, he mutt sin Geld al mit Kannen meten. Un nu kamen se all an bi Dummhans un fragen em, wodennig he bi all dat Geld kümmt. Ja, seggt Dummhans, so un so, sin Naver hett em ja de Koh dootschaten, un do hett he dat Fell verköfft un hett dar so vel bi verdeent. Do woe'n all de Buern uck so'n Hannel maken, se hau'n all se's Köh un Ossen doot un bringen de Fellen to Markt un verlangen för elkeen Fell tominnst hunnert Daler. Man se koenen nich mehr kriegen as de gewöhnliche Pries, un de Kooplüüd meenen, se woe'n se vernarr holen, un geven se noch en Swaartvull upto.

As de Buern denn na Huus kamen, sünd se splitterndull up Dummhans un besnacken sik, se woe'n em över Nacht um'e Eck bringen. Man Dummhans markt, se hebben so wat vör gegen em. Darum leggt he sin ole Oma vörn in't Bett, un sülven leggt he sik achtern hen. Do kamen denn bi Nacht de Buern in't Huus mit Äxen un Knüppels un hau'n de ole Oma doot, man se meenen, se hebben Dummhans de Rest geven. Dummhans steiht de neegste Morrn up, laad't Appeln up'e Waag, un sin ole Oma nimmt he uck mit un sett ehr up en Stohl, as wenn se noch lebennig is. Sodennig fahrt he to Markt un lett de Waag mit de Appeln up'e Markt stahn. Sülven geiht he to Kroogs, leggt sik ut't Finster un passt up.

Nich lang', do kamen dar en paar Kooplüüd un fragen, wat de Appeln kosten schoe'n. Man de ole Oma sitt heel stief un seggt nix. De Kooplüüd fragen nochmal un to'n drütten Mal, do ward de eene vergrellt un stött ehr an mit sin Stock un röppt nochmal heel luut. Do fallt se vörnoever un dal vun'e Waag. Foorts kümmt Dummhans ut'e Kroog lapen un bölkt, de Kooplüüd hebben em sin Oma doothaut, dat schall se noch düer to stahn kamen, he will hen un verklagen se. Do kamen de Kooplüüd so dull in Angst un in'e Kniep, se beeden Dummhans en Barg Geld, wenn he man blots reine Mund holen will. Dar is Dummhans tofreden mit, un de Kooplüüd geven em bi tweehunnert Daler. Denn kuult he sin ole Oma in un fahrt na Huus.

As de Buern nu wies warrn, Dummhans is noch an't Leven, do wunnern se sik un fragen em, um se em nich hebben doothaut. Och, wat schullen se woll, seggt Dummhans, se hebben sin ole Oma doothaut, un dar hett he en gude Togg mit maakt. He hett ehr to Markt bröcht un hett dar tweehunnert Daler för kregen. Do wunnern de Buern sik noch duller, un denn maken se sik af, dat gifft ja noch en Barg ole Wiever in't Dörp, de woe'n se all doothau'n un denn to Markt bringen un verkopen. Man as se mit de ole Fruunslüüd to Markt kamen un de Lüüd fragen, wat se dar to verkopen hebben, un se seggen: dode Omas, do geiht dat as so'n Loopfüer dör de Stadt: De Buern hebben se's Omas doothaut. Un do kriggt de Vaagt dat uck to weeten un will de Buern fastsetten. Do moeten se en Barg Geld betahlen, dat se doch man wedder loskamen, un se moeten tosehn un kamen wedder na Huus.

Nu sünd de Buern denn so dull up Dummhans, se maken sik af, he schall vun'e Welt, se woe'n em afsupen. Foorts as se na Huus kamen, kriegen se em faat, steken em in en Tunn un fahren afste' mit em na en Diek. Dar setten se de Tunn dal, gahn eerst nochmal to Kroogs un kriegen sik een. Un Hans sitt in de Tunn un röppt ümmerto: „Ik schall de Königsdochter hebben un will nich. Ik schall de Königsdochter hebben un will nich." Do drifft dar jüst de Schäper lang mit sin Schaap un hört Hans bölken. Do seggt he, wenn Hans nich will, he will dat geern. Um *he* nich kann de Königsdochter kriegen. Ja, seggt Hans, dat kann he, man denn mutt he em dar rutlaten un sülven rinkrupen in'e Tunn. Do kriggt de Schäper em rut un stiggt dar sülven rin, un as de Buern kamen, do bölkt he, se schoe'n em rutlaten, he will de Königsdochter ja hebben. Man de Buern hören dar gar nich na, se smieten em mitsammt de

Tunn in'e Fischdiek. So, seggen se, nu sünd se em los, un gahn wedder t'rügg in't Dörp.

Man to Avend kümmt Hans andrieven mit sin Flock Schaap. Do wunnern se sik un fragen em, wonem he herkamen deit, un wodennig he bi all de dare Schaap kümmt. Ja, seggt Hans, se hebben em ja in'e Diek smeten, un dar hett he sik de Schaap ruthaalt; de Diek is dar nedden in heel vull mit. Dat woe'n de Buern nich gloven, man de neegste Dag gahn se all mit Hans na de Diek, un do speegeln sik dar de lütte Wulken in, 'nem een uck woll Lämmerwulken to seggt. Kiek, seggt Hans, dar koenen se ja sehn, he hett Recht. Do woe'n de Buern sik uck Schaap halen, elkeen en Flock, un Hans sin rieke Naver seggt, he will toeerst in'e Diek un springt rin. Foorts geiht em dat Water oever de Kopp, man he kümmt nochmal wedder hooch un röppt: „Blubbeleblubb! Blubbeleblubb!" – „Wat hett he seggt?" fragen de Buern. He seggt, he hett en feine Buck bi de Kopp, seggt Hans, un se schoe'n em helpen. Do jumpen de Buern all gau rin un versupen as de Rotten. Un do is denn dat heele Dörp utstorven un Hans arvt allens, un vun do an is he en rieke Mann we'n, denn em hett ja dat heele Dörp hört, un he hett fein un in Freuden levt, un wenn he noch nich dootbleven is, denn levt he vundaag noch.

De Sündfloot[1]

Dar is mal en Buer we'n, de is sünndags to Kirch
gahn. De Preester hett oever de Sündfloot predigt un
dat Noah sik in en Kist rett' hett, un he hett uck sin
Tohörers vermahnt, se schoe'n sik wahren. As de
Buer nu na Huus geiht, do denkt he oever de Predigt
na. Dat Dings geiht em düchtig in'e Kopp rum. Wat,
denkt he bi sik, wenn dar nochmal so'n Sündfloot
keem? Denn seggt he luut: „Dat schall mi nich be-
schuppen!"

He kriggt sin grote Backtrogg her, binnt dar an elk-
een Enne en Tau an un treckt 'n denn mit de Hülp
vun sin Knecht to Boehns. Dar tüdelt he de beide
Tauen um twee Hahnbalkens, un so hängt de Back-
trogg frie in'e Luft. Denn slept he dar Botter, Broot,
Wust, Schink un Speck rin, un to Vörsicht, dat em
man jo dat Water, wenn dat vellicht to Nachttied
upmal hoochstiggt, nich in't Bett oeverrascht, do
slöppt he nu elkeen Nacht baven in sin Backtrogg.

Nu hett de Buer en smucke Fruu, un de is dat gar
nich na de Mütz un we'n elkeen Nacht alleen. Neeg
bi wahnt en Smidt, un dat duert nich lang', do hett
de raden, wat in ehr vörgeiht, un he denkt, dat Spill
kann he sachs winnen. De neegste Nacht geiht he
hen na de Fruu, man wat he uck beden deit, dar
kümmt nich mehr bi rut as dat he ehr en Söten up'e
Hand geven dörv. Dat is em nu ja lang' nich nugg.
Liekers kümmt he de neegste Nacht wedder, un de
drütte uck, man he kümmt ümmer nich wieder vör-
an as bet to en Söten up'e Hand. Do geiht he ver-

---

[1] Die Grundzüge dieser Geschichte finden sich – sehr viel ausführ-
licher und derber – bereits Ende des 14. Jahrhunderts in England
in Geoffrey Chaucers „Canterbury Tales".

grellt weg un denkt, dat will he ehr betahlen. De neegste Avend kümmt he wedder, un as se em wedder blots de Hand henhollt, dat he ehr dar en Söten updrücken kann, kriggt he gau en glöhnige Ploogiesen her – dat hett he so lang' achter de Rügg holen – un verbrennt de Fruu de ganze Hand un seggt, schitt se em an, schitt he ehr wedder an. Do ward de Fruu gresig bölken: „Water! Water!" Se meent ja för ehr verbrennte Hand. Man ehr Mann baven in sin Backtrogg meent, de Sündfloot kümmt un sin Fruu is al an't Afsupen. Do haut he de Tauen dörch, dat sin Schipp flott warrn schall, un de Backtrogg fallt, un fallt dal dör de Boehnluuk in'e Lo, un de Buer, de dar in liggen deit, brickt sik de Hals.

De Düvel is doot

Dar is mal en Buer we'n, de hett en Soehn hatt, de hett Hans heeten, man de hett nix döcht. Sin Vadder hett em faken bi anner Lüüd in Deenst geven, man na en paar Daag is Hans ümmer wedder weglapen un to Huus ankamen. Do seggt de Vadder upletzt to em, wenn he sik partuh nich schicken will, denn so will he em noch bi de Düvel vermeeden. Na en Tied kümmt dar en Mann an un söcht en Deener. Do vermeed't de Buer Hans an em, man he seggt, he schall em man düchtig bi de Ohren nehmen, Hans döcht nix un löppt ümmer weg. Dar will he al för uppassen, seggt de Mann, he is de Düvel. Ja, seggt de Vadder, dar hett Hans uck jüst hen schullt.

Do geiht Hans denn mit sin nüe Herr. De eerste Dag, ehrer de Düvel weggeiht, seggt he to Hans, he kann man wieldes sin Böker afstöven, man he schall sik wahren un lesen dar in. De Düvel geiht weg, un Hans deit, wat em updragen is, he stövt all de Böker af vun baven bet nedden, man as he dar ferdig mit is, geiht he bi un les't dar in un les't ümmer vörföötsch wieder. To Avend kümmt de Düvel na Huus. Um he uck hett les't, fraagt he Hans. Wiss doch, seggt Hans, man he hett doch uck guut reinmaakt. Do vermahnt de Düvel em un drauht em.

De anner Dag geiht de Düvel wedder weg un seggt to Hans, he schall em sin Böker afstöven, man les't he dar in, denn so geiht em dat en Tiedlang leeg. Hans geiht an sin Arbeit, un as he dar ferdig mit is, les't he noch duller as de eerste Dag. To Avend fraagt de Düvel em, um he uck hett les't. Ja wiss, seggt Hans, man he hett doch uck guut reinmaakt. Man dat helpt em nich, he kriggt en düchtige Fellvull.

106

De drütte Dag geiht de Düvel wedder weg un seggt, wenn Hans de Dag wedder in sin Böker lesen deit, denn so will he em dat Gnick umdreihn. Do les't Hans de heele Dag in'e Böker, man as dat bi lütten Avend ward un de Düvel bald na Huus kamen mutt, do denkt he, nu ward sachs dat Tied för em un kamen wedder na Huus. Un do neiht he ut un geiht wedder na Huus na sin Vadder. Man dar kümmt he schön an, sin Vadder schimpt em düchtig ut un is arig füünsch. Man Hans seggt, he schall man nich vergrellt we'n, he hett bi de Düvel so vel lehrt, se koenen sik nu sachs sülven helpen. Un do blifft Hans bi sin Vadder.

De neegste Morrn seggt he to sin Vadder, he will sik to en Hingst maken, sin Vadder schall em blots en Toom kriegen, denn schall he em to Markt bringen un verkopen, man jo nich mit de Toom, anners is he verratzt. De Vadder kriggt sik en Toom, Hans maakt sik to en feine Hingst, un sin Vadder geiht mit em to Markt. Do kümmt denn uck bald een un will em kopen, man dat is keen anner as de Düvel sülven. He hannelt mit de Buer un toletzt warrn se sik eenig för en Barg Geld. Man de Toom will de Düvel för Kroepels Gewalt mithebben. Dat will de Vadder ja nich togeven, man toletzt lett he sik doch besnacken, denn he denkt, de Jung, dar is ja doch nix los mit.

Do ritt de Düvel up sin Hingst na en Smidt un will 'n beslaan laten. Man de Smidt is jüst bi un eten Middag, un do nödigt he de Düvel, he schall doch en beten rinkamen. Do binnt de Düvel sin Hingst buten vör de Smä' an un geiht rin. Man wieldes kriggt Hans dat klaar un maken sik frie vun'e Toom, un do maakt he sik to en Haas un neiht ut.

As de Düvel dat wies ward, maakt he sik gau to en Windhund un löppt achter de Haas ran un hett 'n uck bald inhaalt. Do maakt de Haas sik gau to en lütte Vagel un flüggt weg. Man de Düvel maakt sik to en Falk, un dat duert nich länger as so, do is he al ganz dicht bi de lütte Vagel. To'n Glück ward de to rechte Tied wies, an dat apene Finster vun en Kloster, dar sitt en Nonn un is bi un neihen. Do witscht he gau na't Finster rin un bi de Nonn up'e Schoot, un as de de nüdliche lütte Vagel süht, smitt se gau dat Finster to, un de Falk mutt buten blieven. Do maakt Hans sik to en Fingerring, un de Nonn stickt em an ehr Finger. Man as se avends to Bett geiht, maakt he sik wedder to en Minsch un slöppt bi ehr. De anner Dag is he denn wedder en Fingerring.

Do kümmt de Düvel un will de Nonn de Ring afkopen, man se seggt nee, de dare Ring verköfft se all ehr Levdag nich. Un do mutt de Düvel sik denn ja wedder afglieden. Man to Avend seggt Hans to sin Deern, wenn de Düvel de neegste Dag wedderkümmt, denn schall se em de Ring man driest verkopen, man se schall sik eerst dat Geld geven laten, ehrer se em de Ring gifft. Un wenn se em de henlangt, denn schall se 'n fallen laten. Denn liggen dar dree Gassenkoorns, un up een darvun schall se denn gau ehr Foot setten.

Nich lang', do kümmt de Düvel wedder an, un do geiht de Hannel vör sik, ganz so as Hans dat seggt hett. De Nonn kriggt eerst dat Geld, denn langt se de Düvel de Ring hen, man se lett 'n fallen, un do liggen dar dree Gassenkoorns up'e Del, un se sett gau ehr Foot up een darvun. Do maakt de Düvel sik to en Hehn un pickt de beide Gassenkoorns up, an dat drütte kann he ja nich ankamen, man he pickt dar doch na. Do maakt dat Koorn sik gau to en Voss, springt up'e Hehn los, bitt 'n doot un fritt 'n up. Vun de Tied an is de Düvel doot un ut'e Welt.

Ergänzung zu „Jumfer Maleen" (S. 22):

Der „Kirchenstegel" (friesisch „Spung") in Bredstedt